寄與愛茶人

——历代咏茶诗词集

张家坤 主编

福建美术出版社

图书在版编目（CIP）数据

寄与爱茶人：历代咏茶诗词集 / 张家坤主编. —福州：福建美术出版社，2008.11

ISBN 978-7-5393-1942-1

Ⅰ. 寄… Ⅱ. 张… Ⅲ. 诗词—作品集—中国—唐代～近代 Ⅳ. I222

中国版本图书馆CIP数据核字（2008）第166111号

寄与爱茶人

——历代咏茶诗词集

张家坤 主编

※

福建美术出版社出版发行

福建德安彩色印刷有限公司印刷

开本787×1092mm 1/16 9.5印张

2008年11月第1版 第1次印刷

印数：0001-6000

ISBN978-7-5393-1942-1

定价：38.00元

主　编

张家坤

副主编

陈水潮　凌文斌　林解放

编　辑

林水亚　郭月欣　汪小安　吴小猛

苏少民　陈加勇　李启厚　易曙峰

考 释

陈叔侗

前　言

我国是茶的故乡，也是诗的国度。自古茶通六艺，“琴棋书画诗曲茶”。品茗凝思，有助诗情，故有“诗魂”、“助人诗思之酵母”之喻。古诗云“润我枯肠诗思生”、“助我诗情清入骨”、“诗味茶香出玉壶”，可见，茶与诗同源，诗与茶共香，相得益彰，有着不解之缘。我国第一部诗歌总集《诗经》就出现茶的踪迹。唐代，我国茶叶生产有较大的发展，饮茶风尚日趋普及，赢得众多诗人词家的青睐，并为之移情遣兴，创作了大量茶诗，其中卢仝的《走笔谢孟谏议寄新茶》七言古诗，犹为脍炙人口，洵千古佳作。宋代是我国茶叶生产和茶文化发展的重要时期，史称“茶兴于唐而盛于宋”，宋徽宗甚至还亲自动手写了一部《大观茶论》，因此带动了整个社会的饮茶风气，当时的几乎所有大诗人都写过咏茶的诗词，锦章妙句，比比皆是，苏东坡的诗句“骨清肉腻和且正“，形象地描述了乌龙茶的滋味特点，成为后来岩韵比喻的滥觞。元、明、清时期，涉茶诗词，层出不穷。尤其是元曲，盛极一时，可谓华夏诗海中一朵奇葩。为扬风抡雅，宣传中华茶文化，特遴选近700首茶诗茶词，荟成《寄与爱茶人》一书，体裁毕具，内容宏赡。既是一幅生动优美的风情画卷，也是一部丰富多彩的茶叶发展史。既可从中了解许多关于茶知识，亦可从中吸取营养，发现真谛，启迪智慧。

张家坤

2008年9月

目　录

五言绝句

五言律诗

五言排律

五言古风

七言绝言

七言律诗

七言古风

古风

词

五言绝句

九日与陆处士羽饮茶[1]

唐·皎然[2]

九日山僧院，东篱菊也黄。

俗人多泛酒，谁解助茶香。

①陆处士羽：陆羽，字鸿渐，一名疾，又字季疵，自号桑苧翁。复州竟陵人。嗜茶，著《茶经》三篇。言茶之原、茶之法、茶之具，使天下多知饮茶。后人祀之为“茶神”。 ②皎然，唐诗僧，俗姓谢氏，字清昼，浙江吴兴人，谢灵运第十世孙，居杼山，曾参预颜真卿纂《韵海》之举，为知名诗僧。

焙茶坞

唐·顾况[1]

新茶已上焙，旧架忧生醭[2]。

旋旋续新烟，呼儿劈寒木。

①顾况，字逋翁，浙江海盐人，约生于唐开元年间。与柳浑、李泌友善。李浑辅政，迁况为著作郎，后被贬为司户参军，隐居茅山，自号华阳真逸。 ②醭，指发霉变白现象。

山泉煎茶有怀

唐·白居易[1]

坐酌泠泠水，看煎瑟瑟尘。

无由持一碗，寄与爱茶人。

①白居易（772–846），字乐天，晚号香山居士，山西太原人，贞元十六年（800）进士。元和初为翰林学士、左拾遗，迁左赞善，以言事贬为江州司马。后复入为中书舍人，外迁为苏州、杭州刺史，擢刑部侍郎。太和中乞归。开成中又起为太子少傅，终以刑部尚书致仕。诗与元稹并称元白，有《元白长庆集》，又与刘禹锡齐名，称刘白。

萧庶子相过

唐·白居易

半日停车马，何人在白家。
殷勤萧庶子，爱酒不嫌茶。

茶 岭

唐·韦处厚[①]

顾渚吴商绝，蒙山蜀信稀[②]。
千丛因此始，含露紫英肥。

①韦处厚（773–829），字德载，陕西西安人，举进士，累官至中书侍郎，封灵川郡公。历事宪宗、穆宗、敬宗、文宗四朝，以献替为己任，一时推为贤相。藏书并自校讐，达万卷。 ②顾渚，在浙江湖州；蒙山，在四川青城，皆唐代产茶地方，曾被陆羽评为茶中第一者。也是中国最早知名的茶。

茶 亭

唐·朱景玄[①]

静得尘埃外，茶芳小华山。
此亭真寂寞，世路少人闻。

①朱景玄，苏州人，曾官翰林学士，著有《名画录》。

闻夜酒醒

唐·皮日休[①]

醒来山月高，孤枕群书里。
酒喝漫思茶，山童呼不起。

①皮日休（834–883），湖北襄阳人，字逸少，改字袭美，又号鹿门子、醉士、酒民。咸通八年（867）进士，授翰林学士，与陆龟蒙多唱和，以讥讽时政被杀。有《松陵唱和集》。

寒食纡秀上人禅房

宋·郑文宝[①]

花时懒看花，来访野僧家。
劳师击新火，劝我雨前茶[②]。

①郑文宝（953–1013），福建宁化人，字仲贤。仕南唐，官校书郎。入宋，登太平兴国（977–984）进士，官至兵部员外郎，喜谈方略，久在西陲参与兵计。工诗及篆书，有著作多种。 ②雨前茶：春季谷雨节候之前采制的茶芽，称雨前茶。

潇洒桐庐郡

宋·范仲淹[①]

潇洒桐庐郡，春山半是茶。
新雷还好事，惊起雨前芽。

①范仲淹（989—1052），浙江吴兴人，字希文，大中祥符八年（1015）进士。官至陕西四路安抚使，参知政事。尝云“士当先天下之忧而忧，后天下之乐而乐”。仁宗时与韩琦同率兵拒西夏，夏人曰：“此老胸中有数万甲兵。”相戒勿犯。工诗、词、文。卒谥文正，有《范文正公集》。

茶 岭

宋·韦骧[①]

种茶当岭上，日近地先春。
始自钧陶手[②]，遗芳及后人。

①韦骧，杭州人，字子骏，皇祐间（1049—1054）进士。靖国中除知明州，以左朝议大夫提举洞霄宫。工诗文，有《钱塘集》。 ②钧陶：制作陶器所设的转盘称为“钧”，故称“钧陶”，常以比喻造就、培育或创造。

茶 岭

宋·冯山[①]

新萌雨露浓，岭头春味足。
缘云采撷人，争收火前绿[②]。

①冯山，安岳人，字允南，嘉祐间进士。熙宁末为秘书丞，通判梓州。被荐为台官，不就，退居二十年。范祖禹荐之。官终祠部郎中。有《冯安岳集》。 ②火前绿：寒食节（清明前一天）禁火前采制之茶，亦称明前茶，或社前茶。

赠杜介（节选）

宋·苏轼[①]

我梦君见之，卓尔非魔娆[②]。
仙葩发茗碗，剪刻分葵蓼。

①苏轼（1037—1101），四川眉山人，字子瞻，嘉祐二年（1057）进士，直史馆，判杭州、湖州。言者摘其诗句，诬为讪谤，贬黄州、筑室东坡，自号东坡居士。哲宗立，召为翰林学士，升礼部尚书。绍圣中再贬惠州、琼州。文、诗、词皆雄放，为唐宋八大家之一，有《东坡集》。 ②魔娆：娆，音了。《说文》：“娆，扰戏弄也。”魔娆谓魔障的烦扰。

赠包安静先生茶

宋·苏轼

皓色生瓯面[①]，堪称雪见羞。
东坡调诗腹，今夜睡应休。

①此句形容古时煮茶沸水面上所起白沫。

赠包安静先生茶

宋·苏轼

建茶三十片[①]，不审味如何。
奉赠包居士，僧房战睡魔。

①建茶：宋代建州所产茶，成为国中最佳贡品，称建茶，以北苑为冠。

白沙泉

宋·郭祥正[①]

幽泉出白沙，流傍野僧家。
欲试甘香味，须烹石鼎茶。

①郭祥正，安徽当涂人，字功父，少即有诗名。梅尧臣一见其诗叹曰："真太白后身也。"举进士。熙宁中（1068–1076）以殿中丞致仕。后复出通判汀州，知端州，弃官归隐。有《青山集》。

同长卿梅下饮茶

宋·邹浩[①]

不置一杯酒，惟煎两碗茶。
须知高意别，用此对梅花。

①邹浩（1060–1111），江苏常州人，字志完，元丰（1079–1085）进士。哲宗时为右正言，因劾章惇等，被削官，羁管新州。徽宗立，复为右正言，累迁兵部侍郎，又两谪岭表，复官直龙图阁。有《道乡集》，学者称为道乡先生。

玉井

宋·曾几[①]

茗饮贵石泉，江流亦其亚。
甘寒如此井，未肯出汝下。

①曾几（1081–1166），江西赣州人，徙居河南府。字吉甫，侨居茶山，自号茶山居士。绍兴间历官浙江提刑。因兄曾开忤宰相秦桧被黜，几亦罢官，桧死，起知台州，终权礼部侍郎。有《茶山集》。

啜茶

宋·王十朋[1]

滥与金华讲，赐沾龙凤团[2]。

却归林下饮，更愧是粗官[3]。

①王十朋（1112-1171），浙江乐清人，字龟龄，号梅溪，绍兴二十七年（1157）进士第一人。曾知泉州，官终龙图阁学士。有《梅溪集》五十卷。②上两句是作者谦称自己参预御前讲席，因而获得赏赐的龙团、凤饼茶。按：宋代建州北苑御茶园所产的贡茶名龙团凤饼。③粗官：唐宋时重朝廷内职，凡未经台省任职而直接派出外任者，称为粗官。

茶丘

宋·洪适[1]

半世别玉川[2]，梦忆仙人掌[3]。

经丘获枪旗[4]，清思飘云上。

①洪适（1117-1184），江西鄱阳人，字景伯，晚号盘洲老人。适与弟遵、迈同中博学宏词科，时称三洪。官至同中书门下平章事兼枢密使，封魏国公，谥文惠。有《盘洲集》。②玉川：井名，在河南济源县泷水之北。唐诗人卢仝尝汲此井烹茶，且自号玉川子。③仙人掌：华山有峰望如掌形，因得名仙人掌。唐崔颢诗有“武帝祠前云欲散，仙人掌上雨初晴。”④枪旗：春初所采茶芽未展叶者为枪，初展成叶者为旗，有一枪一旗、一枪二旗之等差。

茶灶

宋·李吕[1]

中坻出盘陀，曲突非刻画[2]。

仙翁碾玉尘，盈瓯试春色。

①李吕，福建光泽人，字滨老，一字东老，从其父李郁学。孝宗时，年四十，弃科举，著《易义论》，纵览百家，尤留意《通鉴》。教人谆谆善诱。有《澹轩集》。②曲突：弯曲的烟囱，可减少火灾的危险。此处形容武夷山中茶灶的景观形状逼真。

幽事绝句

宋·陆游[1]

客生闻吠犬，草茂有鸣蛙。

日昳方炊饭[2]，秋深始采茶。

①陆游（1125-1210)，浙江绍兴人，字务观，号放翁。绍兴中试礼部，为秦桧所黜。孝宗时赐进士，官枢密院编修。曾入范成大幕，赞张浚北伐。光宗时以宝章阁待制致仕。有《剑南诗稿》、《放翁词》。②昳（音跌）：日过午偏昃为昳。

冬夜舟中作

宋·陆游

浅井供茶灶，分流浣布纱。
此泉吾所爱，百用给山家。

茶灶[1]

宋·杨万里[2]

茶灶本笠泽[3]，飞来摘茶国。
堕在武夷山，溪心化为石。

①茶灶：武夷山水中石景，形似故名。 ②杨万里（1127–1206），江西吉水人，字廷秀，号诚斋。绍兴二十四年（1154）进士，官秘书监，诗称杨诚斋体，与陆游、范成大、尤袤合称南宋四大家。有《诚斋集》。 ③笠泽，古吴淞江别名。

题吴江甘泉

宋·张达明

桥下棡四水，人间六品泉。
松陵无鲁望[1]，山茗为谁煎？

①松陵无鲁望：松陵，唐代苏州一镇名（今为吴江县），诗人陆龟蒙，字鲁望，曾与皮日休唱和于此，陆有《松陵集》，唱和之诗名《松陵唱和集》。

饮茶

宋·喻良能[1]

清风生两腋，雪乳啜云团。
便拟乘风去，翻嫌缚小官[2]。

①喻良能，浙江义乌人，字叔奇。绍兴进士，补广德尉，历工部郎中、太常寺丞，出知处州。以朝请大夫致仕。有《香山集》。 ②缚小官：谓为小官职所束缚。

茶坂

宋·朱熹[1]

携籯北岭西，采撷供茗饮。
一啜夜窗寒，跏趺谢衾枕[2]。

①朱熹（1130–1200），江西婺源人，生于闽之尤溪，字元晦，又字仲晦，号晦庵、遯翁。绍兴十八年（1148）进士，其学自程颐经三传至熹，乃集理学之大成。曾居建阳考亭又号考亭，于武夷山建紫阳书院，又号紫阳，足迹所至皆讲学授业。有《朱文公集》。 ②跏趺句：谓借茶之力可长坐不睡。

茶灶

宋·朱熹

仙翁遗石灶，宛在水中央。
饮罢方舟去，茶烟袅细香。

春日曲

宋·徐照[1]

中妇扫蚕蚁，挈篮桑叶间。
小姑摘新茶，日斜下前山。

①徐照（？-1211），浙江永嘉人，字道晖，一字灵辉，自号山民。工诗，嗜苦茗，与赵师秀、翁卷、徐玑，称永嘉四灵。

茶谷闲步

宋·张　[1]

自携折脚铛[2]，煮芽仍带叶。
客至请渠尝，俗尘消旷劫。

①张镃（1153-?），甘肃天水人，字功甫，号约斋。官奉议郎，直秘阁。善画竹石古木，有《南湖集》、《玉照堂祠》。　②折脚铛，指无足或断了足的锅。

惠泉试茗

明·顾清[1]

携将双凤团，来试九龙脉。
临流啜花磁，更忆长安客。

①顾清（1460-1528），上海华亭人，字士廉。弘治进士，授编修。正德初忤执政刘瑾，出为南京兵部员外郎。瑾诛，累擢为礼部侍郎，共尚书毛登上疏数十。嘉靖初以南京礼部尚书致仕。有《东江家藏集》。

煮茗

明·顾璘[1]

为有余酲在，还牵睡思繁。
汲泉敲石火，先试小龙团。

①顾璘，先世江苏吴县人，徙居南京，弘治九年（1496）进士。官至南京刑部尚书。少负才名，其诗以风调胜，与同里陈沂、王韦号金陵三俊，后朱应登继起，合称金陵四大家。虚己好士，历官有吏能。晚罢归，构息园，广治宅舍，宾客常满。有《浮湘集》、《山中集》等。

茶灶

明·夏良胜[①]

溪石上兀兀，溪流正泱泱。

科臼却自别[②]，时分山茗香。

①夏良胜，南城人，字于中。正德进士，官吏部考功员外郎，以谏南巡被廷杖，归。嘉靖初复职。后为仇家所讦，再下狱，戍辽东卒。　②科臼，指水流所经之低洼地形。

玺上人送茶

明·何景明[①]

郁郁云中秀，山僧采相馈。

我有毒热肠，此是清凉味。

①何景明（1483–1521），字仲默，号大复山人。河南信阳人。弘治十五年（1502）进士。官陕西提学使。诗与李梦阳齐名，皆提倡复古，为明前七子之一，又列入弘治十才子。有《大复集》。

茶寮

明·焦竑[①]

滞绪棼难理，灵芽味自长。

殷勤就君语，一酌得清凉。

①焦竑（1541–1620），江苏江宁人，字弱侯，号漪园，又号澹园。万历十七年（1589）进士第一人，官翰林修撰，以疏直敢言，为执政所恶，屡谪贬，遂不出。文卓然名家。与李贽友善，富藏书。有《澹然集》及其他文献著作多种。

茶灶

明·胡应麟[①]

夜凉起南轩，然藜煮雀舌[②]。

山童荷担归，满瓮严陵月。

①胡应麟（1551–1602），浙江兰溪人，字元瑞。幼即能诗，万历中举于乡，久不第。筑室山中，置书四万余卷，记诵淹博，多撰述。王世贞激赏其诗，置于明末五子之列。有《少室山房类稿》等。②然，同燃。雀舌，茶名，为芽茶之最嫩者。

饮惠泉有感

明·陈继儒[①]

陆羽竹炉寒，清泉气若兰。

如何出山后，便作下流看。

①陈继儒（1558–1639），上海华亭人，字仲醇，号眉公，又号麋公。诸生，隐居崑山之阳，后又筑室东佘山，杜门著述，工诗善文，短翰小词皆极风致。书法苏米，兼能绘事，或搜访琐言僻事为书，人争购买。屡诏征，皆辞不出。有《眉公全集》。

煮茶

明·陶望龄[①]

何哉玉川子，谩夸七碗乐[②]。

空斋响松声，清风已堪作。

①陶望龄，浙江绍兴人，字周望。万历十七年会试第一，进士第三人。授编修，再迁太子谕德，告归，起国子祭酒，固辞。母丧以毁卒。有《解庄集》。　②上二句指唐卢仝及其诗。仝号玉川子，有《走笔谢孟谏议新茶》诗“七碗喫不得也，唯觉两腋清风生”等句。

头茶

明·谭元春[①]

萌芽不可折，除却桑茶论。

桑老伤蚕意，人情亦有新。

①谭元春（1586–1637），湖北宜黄人，字友夏，天启七年（1627）乡试第一名。与同里人钟惺共反对诗之复古，主张性灵之说，合编《古诗归》、《唐诗归》，风行一时，号竟陵派，与公安派相颉颃。有《谭友夏合集》。

二茶

明·谭元春

同是嫩而拳，何知非雨前。

辨茶如辨水，江半南零泉[①]。

①江半南零泉：唐陆羽评煎茶之水，以扬子江中南零之水为天下第七。

三茶

明·谭元春

生意穷三摘，纤毫贵一真。

采山牙笋外，不慕远峰春。

茶诗

明·钟惺[1]

（一）

水为茶之神，饮水意良足。
但问品泉人，茶是水何物？

（二）

饮罢意爽然，香色味焉往。
不知初啜时，从何寄遐赏。

（三）

室香生炉中，炉寒香未已。
当其离合间，可以得茶理。

①钟惺（1574–1624），字伯敬，号退谷，湖北天门人。万历进士，累官至福建提学佥事。晚年逃于禅。与同乡谭元春评选古诗，作《古诗归》、《唐诗归》，时称其诗文为“竟陵体”。著有《隐秀轩集》等。

雪水烹茶

明·唐之淳

乞得银河水，来烹龙井茶。
枪棋开雨叶，风浪熟天华。
玉液渗云旗，寒铛独煮时。
一瓯醒酒困，谁道愧粗儿。

中泠泉

清·康熙[1]

静饮中泠水，清寒味日新。
顿令超象外，爽豁有天真。

①康熙（1654–1722），即爱新觉罗·玄烨。清代皇帝，1661–1722年在位。

五言律诗

西塔寺陆羽茶泉

唐·裴迪[①]

竟陵西塔寺[②]，踪迹尚空虚。
不独支公住[③]，曾经陆羽居。
草堂荒废蛤，茶井冷生鱼。
一汲清泠水，高风味有余。

①裴迪，字升之，初与诗人王维、崔兴宗等俱隐终南山。天宝后曾任蜀州刺史，与杜甫交善。《唐诗品汇》谓其为关中人。　②竟陵，今湖北天门县地，本陆羽之家乡，诗题称西塔寺有陆羽泉。　③支公：晋代名僧支遁，陈留人，字道林，世称支公，亦称林公，别称支硎，本姓关。隐居浙之余杭山。晋哀帝初曾被征至都，居洛阳三载，善草、隶书。按此句所云，竟陵当所曾住。

送陆鸿渐栖霞寺采茶[①]

唐·皇甫冉[②]

采茶非采绿，远远上层崖。
布叶春风暖，盈筐白日斜。
旧知山寺路，时宿野人家。
借问王孙草，何时泛碗花。

①陆鸿渐，即陆羽。　②皇甫冉（716-769），江苏丹阳人，字茂政，十岁能诗，宰相张九龄呼之为小友。天宝间进士第一人，官金吾右曹，大历中累迁至右补阙，与弟皇甫曾俱擅才名。曾奉使江表。有《皇甫冉集》。

寻戴处士

唐·皇甫冉

车马长安道，谁知大隐心。
蛮僧留古镜，蜀客寄新琴。
晒药竹斋暖，捣茶松院深。
思君一相访，残雪似山阴[①]。

①山阴，今浙江绍兴，晋王徽之居山阴，夜雪初霁，忽忆在剡中（今嵊县）的好友戴逵，便乘舟连夜往访。此诗末二句引以巧喻与对方的友情。

送陆鸿渐山人采茶回

唐·皇甫曾[①]

千峰寺逋客，香茗复丛生。
采摘知深处，烛霞羡独行[②]。
幽期山寺远，野饭石泉清。
寂寂燃灯夜，相思一磬声。

①皇甫曾（？-785），皇甫冉之弟，字孝常，天宝进士，历官侍御史，坐事贬舒州司马，阳翟令。诗与兄冉齐名。有诗集。 ②烛，照也。

过长孙宅与朗上人茶会

唐·钱起[①]

偶与息心侣，忘归才子家。
玄谈兼藻思，绿茗代榴花。
岸帻看云卷[②]，含毫任景斜。
松乔若逢此，不复醉流霞[③]。

①钱起（710-780），浙江吴兴人，字仲文。天宝十年（751）进士，大历十才子之一。诗与郎士元齐名，时称钱郎，尝赴举试，赋《湘灵鼓瑟》有句“曲终人不见，江上数峰青。”考官谓有神助。官终考功郎中，有《钱仲文集》。 ②岸帻：帻，头巾。岸帻，谓推高巾帻，露出前额，表示随意不拘状。 ③流霞：晋唐人诗文中称美酒为流霞。

题陆鸿渐上饶新开山舍

唐·孟郊[①]

惊彼武陵状，移归此岩边。
开亭拟贮云，凿石先得泉。
啸竹引清吹，吟花成新篇。
乃知高洁情，摆落区中缘。

①孟郊（751-814），浙江德清人，字东野。曾隐居嵩山，诗思苦涩，韩愈引为忘年交。中贞元十二年（796）进士，官至水陆转运判官，张籍私谥之曰“贞曜先生”。有《孟东野集》。

饭僧

唐·王建[①]

别屋炊香饭，薰辛不入家。
温泉调葛面，净手摘藤花。
蒲鲊除青叶，芹齑带紫芽。
原师常伴食，消气有姜茶。

①王建，河南颍川人，字仲初，大历十年（775）进士。官侍御史，太和中为陕州司马。工乐府，与张籍齐名，《宫词》百首盛传人口，有《王司马集》。

资圣寺贲法师晚春茶会

唐·武元衡[1]

虚室昼常掩，心源知悟空。
禅庭一雨后，莲界万花中。
时节流芳暮，人天此会同。
不知方便理，何路出樊笼[2]。

①武元衡（758-815）河南缑氏人，字伯苍。大历中（766-779）进士，德宗时官御史中丞，称其“真宰相器”。顺宗立，不附王叔文。宪宗朝典机务，拜同中书门下平章事，复出为剑南节度使，召还执政。夜入朝，为仇敌所害。谥忠愍。 ②樊笼：囚禁鸟兽的笼子。此借指人世间种种拘束不自由。

食后

唐·白居易

食罢一觉睡，起来两瓯茶。
举头看日影，已复西南斜。
乐人惜日促，忧人厌年赊。
无忧无乐者，长短任生涯。

和元八郎中秋居

唐·姚合[1]

圣代无为化，郎中似散仙。
晚眠随客醉，夜坐学僧禅。
酒用林花酿，茶将野水煎。
人生知此味，独恨少因缘。

①姚合（775-?）唐初名相姚崇之玄孙。陕州（今河南三门峡）人，元和中（806-820）进士，调武功主簿，善诗，人号姚武功。历官监察御史，终秘书监。尝取王维至戴叔伦等二十一人诗编为《极玄集》，曰：“此诗中射雕手也”。有《姚少监诗集》。

思越州山水寄朱庆余[1]

唐·章孝标[2]

窗户潮头雪，云霞镜里天。
岛桐秋送雨，江艇暮摇烟。
藕折莲芽脆，茶挑茗眼鲜。
还将欧冶剑，更淬若耶泉[3]。

①越州：隋朝改会稽郡为越州，今浙之绍兴。朱庆余，越州人，名可久，以字行，又名庆绪。宝历（825-827）进士，诗人。 ②章孝标，浙江桐庐人。元和进士，历秘书省正字、试大理评事。工诗。 ③若耶泉，即若耶水，在绍兴。传为春秋时匠师欧冶子铸剑处。

方山寺松下泉

唐·章孝标

石脉绽寒光，松根喷晓霜。
注瓶云母滑，漱齿茯苓香。
野客偷煎茗，山僧惜净床。
三禅不要问，孤月在中央。

忆茗芽

唐·李德裕①

谷中春日暖，渐忆掇茶英。
欲及清明火，能销醉客醒。
松花飘鼎泛，兰气入瓯轻。
饮罢闲无事，扪萝溪上行。

①李德裕（787-850），河北赵州人，字文饶，故相李吉甫子。少力学，有大节。敬宗时（825-827）为浙西观察使。文宗立，裴度荐其才堪为宰相，而牛僧孺等深忌之，使不得进。是为牛李党之争。武宗时由淮南节度使入相，当国六年，决策制胜，威权独重，终为忌者所构，贬崖州卒。

茶诗

唐·郑愚①

嫩芽香且灵，吾谓草中英。
夜臼和烟捣，塞炉对雪烹。
惟忧碧粉散，常见绿花生。
最是堪珍重，能令睡思清。

①郑愚，广东番禺人，家世殷富，幼力学，开成中（826-840）进士。授秘书省校书郎。咸通初，为桂管观察使，迁岭南节度使。御寇有功，拜礼部侍郎。中和初出镇南海。以抚绥功，召拜尚书右仆射。诗文多散佚。

留题

唐·薛能①

茶兴复诗心，一瓯还一吟。
厌春甘蔗冷，喧雨荔枝深。
骤去无遗恨，幽栖已遍寻。
峨眉不可到，高处望千岑。

①薛能，山西汾州人，字古拙。会昌中（841-846）进士。咸通时，以监部摄嘉州刺史，累迁至工部尚书。为政严察，杜绝私谒。癖于诗，政余日赋一章，有《江山集》、《许昌集》。

茶舍

唐·皮日休

阳崖枕白屋，几口嬉嬉活。
棚上汲红泉，焙前蒸紫蕨。
乃翁研茗后，中妇拍茶歇。
相向掩柴扉，清香满山月。

茶焙

唐·皮日休

凿彼碧崖下，恰应深二尺。
泥易常云根，烧难碍石脉。
初能燥金饼，渐见乾琼液。
九里共杉林，相望在山侧。

茶鼎

唐·皮日休

龙舒有良匠，铸此佳样成。
立作菌蠢势[1]，煎为潺湲声。
草堂暮云阴，松窗残雪明。
此时勺复茗，野语知逾清。

①菌蠢，形容短笨臃肿，状如菌者。温庭筠诗：“朱茎殊菌蠢，丹桂欲萧森。”

煮茶

唐·皮日休

香泉一合乳，煎作连珠沸。
时看蟹目溅，乍见鱼鳞起[1]。
声疑松带雨，焙恐生烟翠。
尚把沥中山，必无千日醉。

①蟹目、鱼鳞，皆形容烹茶水微沸时的形状，不欲过沸。

茶坞

唐·陆龟蒙[1]

茗地曲隈回，野行多缭绕。
向阳就中密，北涧差还少。
遥盘云髻慢，乱簇香篝小[2]。
何处好幽期，满岩春露晓。

①陆龟蒙（?－881），江苏苏州人，字鲁望，赴试不第，隐居松江甫里，自号江湖散人，又号天随子，人称甫里先生。诗与皮日休齐名，多唱和，有《甫里集》。 ②云髻、香篝，皆形容茶坞之畦垄形状。

茶人

唐·陆龟蒙

天赋识灵草，自然钟野姿。
闻来北山下，似与东风期。
雨后探芳去，云间幽路危。
唯应报春鸟，得共斯人知。

茶焙

唐·陆龟蒙

左右捣凝膏，朝昏布烟缕。
方圆随样拍，次第依层取。
山谣纵高下，火候还文武。
见说焙前人，时时炙花脯。

煮茶

唐·陆龟蒙

闲来松间坐，看煮松上雪。
时于浪花里，并下蓝英末。
倾馀精爽健，忽似氛埃灭。
不合别观书，但宜窥玉札。

尝茶

唐·齐己[1]

石屋晚烟生，松窗铁碾声。
因留来客试，共说寄僧名。
味击诗魔乱，香搜睡思轻。
春风霅川上[2]，忆傍绿丛行。

①齐己，湖南益阳人，诗僧，俗姓胡，名得生。少学佛，戒律之外留心书翰，尝住江陵龙兴寺，自号衡岳沙门，与郑谷酬唱，汇集成编号《白莲集》。尝作《早梅》诗，郑谷为改“数枝开”为“一枝开”，齐己下拜，人称谷为一字师。 ②霅川水名，在今湖州，亦称霅水、霅溪。

谢灉湖茶[1]

唐·齐己

灉湖唯上贡，何以惠寻常。
还是诗心苦，堪消蜡面香[2]。
碾声通一室，烹色带残阳。
若有新春者，西来信勿忘。

①灉湖茶，唐代安徽所产。 ②蜡面，指煮茶时汤面泛白乳如蜡，故有蜡面之名。建州亦产有蜡面茶。

谢中上人寄茶

唐·齐己

春山谷雨前，并手摘芳烟。
绿嫩难盈笼，清和易晚天。
且招邻院落，试煮落花泉。
地远劳相寄，无来又隔年。

谢人惠扇子及茶

唐·齐己

枪旗封蜀茗，圆洁制鲛绡。
好客分烹煮，青蝇避动摇。
陆生夸妙法，班女恨凉飚[1]。
多谢崔居士，相思寄寂寥。

①上句“陆生”谓陆羽，指茶。下句“班女”，因汉代班婕妤有《怨歌行》写秋风起，团扇见弃，以寄失宠之怨。借以指扇。

玉乳泉

宋·李仲殊

玉液煎琼甃，泓澄一脉泉。
张生题品异，丞相与名传。
荐客流霞胜，煎茶掇乳鲜。
祇园终古在，长对白衣仙。

建茶呈使君学士

宋·李虚己[1]

石乳标奇品，琼英碾细文。
试将梁苑雪，煎动建溪云[2]。
清味通宵在，余得隔坐闻。
遥思摘山月，龙焙未春分。

①李虚己，建安人，字公受。第进士，太宗时历沈丘县尉，迁殿中丞，知遂州，有治行。真宗称其“儒雅循谨”，累迁至工部侍郎。有《雅正集》。 ②梁苑雪、建溪云：前句以汉代梁孝王宴聚文士之所——梁苑，喻对方文学地位。后句建溪在闽北，建茶产地，谓当以梁苑雪水烹此茶。

饮 茶

宋·赵 湘[1]

昼梦回窗下，秋声碾树边。
僧敲石里火，瓶汲竹根泉。
影照吟髭碧，香医酒病痊。
坐余重有味，犹见半墙烟。

①赵湘，浙江衢州人，字叔灵。为赵抃之祖父。淳化间（990-994）进士，尝官庐江尉。其诗风骨苍秀，有《南阳集》。

咏茶

宋·丁谓[1]

建水正寒清，茶民已夙兴。
萌芽先社雨，采掇带春冰。
碾细香尘起，烹新玉乳凝。
烦襟时一啜，宁羡酒如渑。

①丁谓（966-107），江苏苏州人，字谓之，改字公言，淳化三年（992）进士。排挤寇准，去之。迎合真宗，大兴土木，耗国伤民。仁宗时贬崖州。曾封晋国公，亦称丁晋公。因曾知建州，首创大小龙茶于北苑，令社前十五日，即采其芽，日聚数千工焙制，所造甚精，近社日即入贡。撰有《建阳茶录》，有《北苑焙新茶》诗等。

茶

宋·丁谓

真上堪修贡，甘泉代饮醇。
刘崑求愈疾，陆纳用延宾。
顾渚传芳久，邕湖擅价新[1]。
唐贤经谱内，未识建溪春[2]。

①邕湖，即滩湖，宋代新产茶地。上二句，意谓顾渚与邕湖两处旧产与新产之名茶，都不如末联所云之“建溪春”好。　②建溪春，即建州（今福建建瓯）所产茶名。

北苑焙

宋·杨亿[1]

灵芽呈雀舌，北苑雨前春。
入贡先诸夏，分甘及近臣。
越瓯犹借渌，蒙顶敢争新[2]。
鸿渐茶经在，区区不遇真。

①杨亿（974-1020），福建浦城人，字大年。年十一以神童送入朝，真宗时为王子，亲试以诗，顷刻而就。淳化三年（992）进士，真宗时官翰林学士、史馆修撰、判馆事。纂《册府元龟》、《太宗实录》。亿博学强记，其诗创格为西崑体，同时和之者有刘筠、钱维演、晏殊、胡宿等，有《西崑酬唱集》。　②蒙顶：四川名山县蒙山顶产茶，早自唐代与浙之顾渚茶，已见于陆羽《茶经》，称为天下第一，及建茶出乃胜之。

陆羽井

宋·杨亿

陆羽不到此，标名慕昔贤。
金瓶垂素绠，石甃湛寒泉。
百汲甘宁竭，千金志不迁。
真茶泛云液，一饮可延年。

自宝应逾岭至潜溪临水煎茶

宋·宋庠[1]

关塞云西路，僧庐左右开。
过岩逢石坐，寻水到源回。
天籁吟松坞，云腴溢茗杯[2]。
官城才十里，导骑莫相催。

①宋庠（996–1066），湖北安陆人，迁雍丘。初名郊，字公序，天圣二年（1024）进士第一人，官至兵部尚书、检校太尉同平章事、枢密使，英宗时封郑国公，以老致仕。庠与弟祁同负文名，人称大小宋。庠有《宋元献集》。　②云腴：产于云雾深山的茶最为丰腴，因以云腴誉茶。

通判茹太博惠家园新茗

宋·宋祁[1]

雷鼓殷山春，枪苗第一新。
云供烹处碧，露饷摘时津。
瓯洁凝芳乳，罗纤撼练尘。
贶予知有为，多渴思迟人。

①宋祁（998–1061），宋庠之弟，字子京。与兄同举进士，试礼部第一，乃让兄第一，人称二宋。累迁龙图阁学士、史馆修撰，与欧阳修同修《唐书》。迁左丞，进工部尚书，拜翰林学士承旨。有《宋景文集》、《景文公长短句》等。因有“红杏枝头春意闹”句，人称“红杏尚书”。

李国博遗浙姜建茗

宋·梅尧臣[1]

吴姜渍吴糟，越茗苞越箨。
咀辛聊案杯，啜味可奴酪[2]。
但拜故人贶，何言为物薄。
我心易厌足，不比填沟壑。

①梅尧臣（1002–1060），安徽宣城人，字圣俞。工诗，深远古淡，欧阳修与为诗友，自以为不及。以荫出仕，仁宗召试，赐进士出身。累迁至都官员外郎，预修《唐书》，学者称之宛陵先生。有《宛陵集》。　②奴酪，茶之别名，称酪奴。

建溪新茗

宋 · 梅尧臣

南国溪阴暖，先春发茗芽。
采从青竹笼，蒸自白云家。
粟粒烹瓯起，龙文御饼加[①]。
过兹安得比，顾渚不须夸。

①粟粒，指茶芽初出状如粟粒者。龙文御饼，指北苑御园所制印有龙文进贡的茶饼。

颖公遗碧霄峰茗

宋 · 梅尧臣

到山春已晚，何更有新茶。
峰顶应多雨，天寒始发芽。
采时林狖静，蒸处石泉嘉。
持作衣囊秘，分来五柳家。

刘成伯遗建州小片乳茶十枚因以为答

宋 · 梅尧臣

玉斧裁云片，形如阿井胶[①]。
春溪斗新色，寒箨见重包。
价劣万金敌，名将紫笋抛[②]。
桓公不知味，空问楚人茅[③]。

①阿井胶，药名阿胶，亦名傅致胶。以乌驴皮得山东东阿县之阿井水煎制而成，亦如饼状。 ②紫笋，唐代顾渚、蒙山的贡茶极品，皆有“紫笋”之名。 ③末联二句：举春秋时诸侯霸主齐桓公责问楚国人不进贡包茶之罪（见《左传 · 僖公四年》）的例子，意谓可惜当时桓公尚不识茶味之好，所以不责其入贡。

送毕郎中提点淮南茶汤

宋 · 梅尧臣

汴中春絮乱，淮上鮆鱼时[①]。
顺水疾奔马，出都犹脱羁。
拜亲将已近，食脍不言迟。
到日问茶事，遍山开几旗。

①鮆鱼，小刀鱼。

吴正仲遗新茶

宋 · 梅尧臣

十片建溪春，乾云碾作尘。
天王初受贡，楚客已烹新。

漏泄关山吏，悲哀草土臣。

捧之何敢啜，聊跪北堂亲。

茶磨

宋·梅尧臣

楚匠斫山骨，折檀为转脐[①]。

乾坤人力内，日月蚁行迷。

吐雪夸春茗，堆云忆旧溪。

北归唯此急，药臼不须挤。

①首联两句：山骨，指制磨之石。下句言用坚实的檀木作为磨心的转轴。

大明寺平山堂

宋·梅尧臣

陆羽烹茶处，为堂备宴娱。

冈形来自蜀，山色去连吴。

毫发开明镜，阴晴改画图。

翰林能忆否，此景大梁无[①]。

①大梁：战国时期魏国的都城名，在今河南开封。北宋又建都于此，称汴梁。诗因以大梁称之。

答建州沈屯田寄新茶

宋·梅尧臣

春芽研白膏，夜火焙紫饼。

价与黄金齐，包开青箬整。

碾为玉色尘，远及芦底井。

一啜同醉翁，思君聊引领。

钓鳌石

宋·苏舜元[①]

未穷双佛刹，先到一渔家。

山雨已残叶，溪风犹落花。

汲泉沙脉动，敲火石痕斜。

应是任公子，竹间会煮茶。

①苏舜元，江苏铜山人，字子翁。太宗时状元苏易简之孙。为人精悍任气，歌诗豪健，尤善草书。仁宗时，官至尚书度支员外郎，三司度支判官。

蛤蟆焙

宋·欧阳修[①]

石溜吐阴崖，泉声满空谷。

能邀弄泉客，系舸留岩腹。

阴精分月窟，水味标《茶录》[②]

共约试春芽，枪旗几时绿。

①欧阳修（1007-1072），江西吉水人，字永叔，号醉翁。天圣八年（1030）进士甲科。庆历初召知谏院，改右正言。时范仲淹、富弼等名相去位，修上书极谏，出知滁州，徙扬州、颍州。还为翰林学士，知无不言，嘉祐间拜参知政事与韩琦同心辅政。熙宁中与王安石论不合，以太子少师致仕。修博极群书，文章冠天下，晚号六一居士，“六一”，谓有《集古录》一千卷，书一万卷、琴一张、棋一局、酒一壶、鹤一双。著作极多，诗有《文忠集》、《六一居士集》等。 ②《茶录》，蔡襄所著，论茶及茶器，亦论烹茶方法。

惠 山 泉

宋·强 至[①]

封寄晋陵船[②]，东南第一泉。

山瓶云液碎，落鼎月波圆。

正味云谁别，繁声只自怜。

要须茶品对，合煮建溪先。

①强至，字几圣，杭州人，庆历进士。为文简古，不徇俗，宰相韩琦欲荐充馆阁，不果。终祠部郎中。有《祠部集》。 ②晋陵，古地名。晋置毘陵郡，后改晋陵，隋废郡，置常州，唐又改晋陵。今江苏常州。

谢许判官惠茶图茶诗

宋·陈舜俞[①]

成图画茶器，满幅写茶诗。

会说工全妙，深谙句特奇。

尽将为远赠，留与作闲资。

便觉新来癖，浑如陆季疵[②]。

①陈舜俞（?-1076），浙江湖州人，字令举 。博学强记。庆历中（1041-1048）进士又举制科第一。熙宁中知山阴县，青苗法行，不奉令，因自劾，谪监南康军酒库，自号白牛居士。有《都官集》。 ②陆季疵，陆羽字。

和吕开少蒙提刑家园茶

宋·冯 山

蜀品固难名，家园未有声。

晓蓝亲手撷，俗客尚心轻。

瑞雾吹还合，仙风坐欲生。

因知栽植意，留与子孙清。

新 年

宋·苏 轼

小邑浮桥外，青山石岸东。
茶枪烧后有，麦浪水前空。
万户不禁酒，三年真识翁。
结茅来此住，岁晚有无同。

八功德泉[1]

宋·苏 辙[2]

君言山上泉，定有何功德？
热尽自清凉，苦除即甘滑。
颇遭游人病，时取破匏挹。
烦恼虽云消，凛然终在臆。

①八功德泉：佛经中原谓大海中有八功德水，指甘、冷、软、轻、清净、不臭、不损喉、不伤腹。此题所指八功德泉在山中，当据佛经所云取名。

②苏辙（1039–1112），苏轼弟，字子由。与兄同登嘉祐二年（1057）进士，又同策制举。授商州军事推官。神宗时为王安石三司条例司下属，力陈青苗法不可行，出为河南推官。哲宗立，为右司谏，论罢章惇、吕惠卿等，官至尚书右丞、门下侍郎，谏绍述之说，落职贬谪。徽宗立，复官大中大夫致仕，号颍滨遗老。为文汪洋淡泊如其人。多著作，诗有《栾城集》。

题方子明道人东窗

宋·苏 辙

纸窗云叶净，香篆细烟青。
客到催茶磨，泉声响石瓶。
禅关敲每应，丹诀问无经。
赠我刀圭药[1]，年来发变星。

①刀圭，古时用以量取药材的小量具。如小匙勺者。

次韵王钦臣秘监集英殿井

宋·苏 辙

碧甃涵云液，铜瓶响玉除。
汲花攒点罢，洒雾唤班初。
龙饼煎无数，螭研滴有余。
从官方醉饱，一酌解清虚。

寄新茶与南禅师

宋·黄庭坚[1]

筠焙熟香茶，能医病眼花。
因甘野夫食，聊寄法王家。
石钵收云液，铜瓶煮露华。
一瓯资舌本，吾欲问三车。

①黄庭坚（1045–1105），江西分宁人，字鲁直，号山谷道人，又号涪翁。治平四年（1067）进士，预修《神宗实录》，绍圣中知鄂州，章惇等恶之，贬涪州别驾，又徙谪。徽宗立，起知太平州，复谪宜州。曾与张耒、晁补之、秦观俱入苏轼之门，人称苏门四学士。尤长于诗，世并称苏黄。书法草楷自成一家。有《山谷内、外集》。后人推为西江宗派之首。

元舆试北苑新茗

宋·郭祥正

建溪虽接壤，春末始尝茶。
旋汲邻僧水，同烹北苑芽。
月圆龙隐鬣，云散乳成花[①]。
贡入明光殿，分来王谢家。

①上句形容北苑龙团茶饼形状，下句形容烹煮中的茶汤形状。

谢君仪寄新茶

宋·郭祥正

（一）

建溪春物早，正月有新茶。
得自参军椽，分来居士家。
辗开黑玉饼，汤溅白云花。
一啜清魂魄，醇醪岂足夸。

（二）

北苑藏和气，生成绝品茶。
岂宜分旅馆，只合在仙家。
点处成云蕊，看时变雪花。
琳琅得新句，又胜玉川夸。

招孜祐二长老赏茶

宋·郭祥正

（一）

无物滋禅味，来烹北苑茶。
碾成云母粉，香溅碧松花。
消渴梅何俗，安神术谩夸。
清谈尝数碗，莫笑老卢家[①]。

（二）

昔人多嗜酒，今我酷怜茶。
软玉裁成饼，轻云散作花。
石泉助甘滑，肠胃涤烦邪。
却怪少陵客，曾元新句夸[②]。

①末联二句引喻卢仝七碗茶诗故事。　②末二句谓杜甫当年尚未有咏茶的诗。

西山寒溪

宋·张耒[1]

空岩一泓泉，引余掬清甘。
至人悲热恼，遗此消昏烦。
我茶非世间，天上苍月团。
为尔惜不得，烹啜浇晨餐。

①张耒（1054–1114），江苏淮阴人，字文潜。二十岁中熙宁（1068–1077）进士，绍圣初知润州，坐党籍谪官。徽宗立召为太常少卿，出知颍州、汝州，复坐党争落职。耒有雄才，尤长诗词，诗效长庆体。为苏门四学士之一。投闲困苦，口不言贫。有《宛丘集》、《诗说》等。

暑 雪 轩

宋·王洋

望处疑蓬岛，天长碧海闲。
云霞收玉宇，烟浪涌银山。
茶入清谈里，风生两腋间。
诗成似西岭，高险不容攀。

客思团茶

宋·邹浩

久矣去清班，无因预篚颁。
殊方得高义，使我失愁颜。
月满浮云散，龙飞瑞气还。
炎氛自辟易，归路见乡关。

盛夏东轩偶成

宋·曾几

因病不举酒，况当朱明天[1]。
客至但茗碗，谈诗复谈禅。
甘寒百尺井，旧日陆子泉。
安得僧舍雪，霏微湿茶烟。

①朱明天，即夏天，见《尔雅·释天》。

曾同季饷建溪、顾渚新茶

宋·曾几

雨润梅黄后，风薰麦秀初。
不持新茗碗，空枉故人书。
顾渚琼糜似，闽溪玉食余。
吾宗重盟好，并以遗闲居。

尝建茗

宋·曾几

（一）

破除汤饼睡，倚赖建溪春。
往日惟求旧，今朝遂食新。
不辞浓似粥，少待细于尘。
宝胯无多子[①]，留须我辈人。

（二）

茅宇已初夏，茶瓯方早春。
真成汤沃雪，无复渴生尘。
有客嘲三韭，其谁送八珍。
不如藏去好，孤负一年新。

①宝胯，古时革带上的金属装饰物，用以系挂物件者。此句指贵族。

煎茶

宋·曾几

贫中有佳设，石鼎事煎烹。
顾渚草芽白，惠山泉水清[①]。
酌多风可御，薰歇雾犹横。
饮罢妻孥笑，枯肠百转鸣。

①惠山泉，在江苏无锡惠山下，陆羽评为天下第二泉。

郡酒日铸茶[①]

宋·曾几

子到常山县，饶阳有敝庐。
相望百里地，空得数行书。
睡思茶料理，愁怀酒破除。
新秋即在眼，过错定何如？

①日铸茶：日铸山名，在浙江绍兴，产茶。宋初贡茶先以日铸茶为第一，景祐之后，洪州双井茶出其上。至建茶出，两者皆不如。

造侄寄建茶

宋·曾几

汝已去闽岭，茶酒尤粲然。
买应从聚处，寄不下常年。
洗涤卢仝碗，提携陆羽泉。
无人分得好，更忆仲容贤[①]。

①仲容：晋竹林七贤有叔侄二人，阮咸，字仲容，为阮籍之侄。以此喻作者与寄茶者之叔侄关系。

迪侄屡饷新茶

宋·曾几

（一）

吾家今小阮[①]，有使附书频。
唤超南柯梦，持来北苑春。
顾茶多下驷[②]，况复似陈人。
不是能分少，其谁遣食新。

（二）

敕厨羞煮饼[③]，扫地供炉芬。
汤鼎聊从事，茶瓯遂策勋。
兴来吾不浅，送似汝良勤。
欲作柯山点[④]，当令阿造分[⑤]。

①吾家小阮，亦前诗所喻阮咸，阮籍、阮咸叔侄，人称大小阮。 ②下驷，劣等之马，谓平时所见茶多不好。 ③羞，进献。《左传》：“可荐于鬼神，可羞于王公。” ④柯山，指北宋之张耒，耒有《柯山集》。点，点茶。 ⑤阿造：作者诸侄造、迪、述等皆见此前后诗题。

述侄饷日铸茶

宋·曾几

宝胯自不乏，山芽安可无。
子能来日铸，吾得具风炉。
夏木啭黄鸟，僧窗行白驹。
谈多转生睡，此味正时须。

代书抵筠守谭崧老求茶笋[①]

宋·曾几

问讯江南美，人推道院州[②]。
雨前收雀舌，雪底荐猫头[③]。
有客同僧过，频年遣仆求。
故交今五马[④]，解送老庞不[⑤]。

①筠守，筠州太守（知州），筠州在江西，今高安县。 ②道院州，宋代以江南之江阴军与江北之南通州为地僻，鲜过客，士大夫罕至，仕宦此二州者，最为优逸，故皆称为道院州。借以喻对方所处位置。 ③猫头，笋名。猫头竹所出之笋。 ④五马，古称官太守（知州、知府）为五马。 ⑤老庞，自谓归隐之人，犹汉之庞德公。

茶 山

宋·曾几

似病元非病，求闲方得闲。
残僧六七辈，败屋两三间。

野外无供给，城中断往还。

同行木上坐[①]，相与住茶山。

①木上座，拄杖之别称。

幽居即事

宋·陆游

小硙落雪花[①]，修绠汲牛乳。

幽人作茶供，爽气生眉宇。

年来不把酒，杯榼委尘土。

卧石听松风，萧然老桑苎。

①硙，石磨。

茶灶

宋·袁枢[①]

摘茗蜕仙岩，汲水潜虬穴。

旋然石上灶，轻泛瓯中雪。

清风已生腋，芳味犹在舌。

何时棹孤舟，来此分余啜。

①袁枢（1131–1205），福建建瓯人，字机仲。试礼部，词赋第一、授太学录、严州教授，尝类别司马光《资治通鉴》所纪之事而贯通之，著书号《通鉴纪事本末》。迁太府丞，分修国史，不肯替同里为相之章惇润饰其传。迁国子祭酒，知江宁府。奉祠家居，著书以终。

尝顾渚新茶

宋·袁说友[①]

碧玉团枝种，青山撷草人。

先春迎晓至，未雨得芽新。

云叠枪旗细，风生齿颊频。

何人修故事，香味彻枫宸[②]。

①袁说友（1140–1204），福建建瓯人，字起岩，流寓湖州。隆兴进士，嘉泰中官至同知枢密院、参知政事。学问淹博，官四川安抚使时，尝辑成《成都文类》，有《东塘集》。 ②枫宸，谓帝王所居之宫殿。

斗茶

宋·袁说友

截玉夸私斗，烹泉测嫩汤。

稍堪肤寸舌[①]，一洗苋藜肠。

千枕消魔障，春芽敌剑铓。

年年较新品，身老玉瓯尝。

①肤寸，古以一指宽为寸，四指宽为肤。肤寸喻微小。

遗建茶于惠老

宋·袁说友

东入吴中晚，团龙第一奁。
政须香齿颊，莫惯下姜盐。
笑我便搜搅，从君辨苦甜。
更烦挥妙手，银粟看纤纤。

谢吴斗南教授惠贡茶

宋·袁说友

我愧周行久，君方戴席重[①]。
一缄驰素茧，五玉卧乌龙。
滴雪浮瓯浅，濡香过齿浓。
欲酬新句好，官事正填胸。

①戴席，以汉代任讲席删定《礼记》的名儒戴德、戴圣以比喻对方。

饮袁州惠仰山茶[①]

宋·赵 蕃[②]

黄溪方辍供，顿有仰山来。
久怕羊肠险，小听松吹回。
喜能浇渴肺，愁奈走饥雷。
何日俱君谒，香凝燕寝开。

①袁州，汉豫章郡属地，隋唐以来均置袁州，今江西宜春县地。仰山茶，即当地仰山所产茶。
②赵蕃（1143-1229），浙江玉山人，字昌父，号章泉。以祖上恩荫补官，终至直秘阁。尝问学于朱熹，立朝刚介。有《章泉稿》等。

谢徐玑惠茶

宋·徐 照

建山惟上贡，采撷极艰辛。
不拟分奇品，遥将寄野人。
角开秋月满，香入井泉新。
静室无来客，碑粘陆羽真。

都中留随州李判官

宋·刘 过

幸自东南好，西归未可忙。
茶添橄榄味，酒借蛤蜊香。
绝品宜春醉，新烹趁日长。
倒囊烦厚载，归遗北人尝。

煮茗

宋·许及之[①]

止酒身多病，添书日正长。

睡魔推不去，茗碗熟难忘。

鹊过飞樵堕，蜂喧落粉香。

静中观物理，此乐未渠央。

①许及之（？-1209），浙江永嘉人，字深父。隆兴进士。与薛叔似同擢拾遗补阙，后党祸起，薛被斥逐，及之谄事韩侂胄，官至同知枢密院事。有《涉斋集》。

鹤林寺

宋·冯多福

春郊躬劝相，税驾拟禅关。

院古深藏竹，堂虚净对山。

日曛农你醉，云伴老僧闲。

暇日还携茗，同来瀹虎斑[①]。

①虎斑，指盛茶之黑陶碗之有虎斑纹者。

梦回

宋·翁卷[①]

一枕庄生梦，回来日未衙。

自煎沙井水，更煮岳僧茶。

宿雨消花气，惊雷长荻芽。

故山沧海角，遥念在春华。

①翁卷，浙江乐清人，字续古，一字灵舒。登咸淳（1265-1274）乡荐，以布衣终。工诗，与徐照、徐玑、赵师秀称“永嘉四灵”。有《西岩集》。

煮茶

宋·方岳[①]

瀑近春风湿，松花满石坛。

不知茶鼎沸，但觉雨声寒。

山好僧吟久，云深鹤睡宽。

诗成不须写，怕有俗人看。

①方岳（1199-1262），安徽祁门人，字巨山。理宗朝两为文学掌故。官中秘书，出守袁州，有《秋崖先生小稿》。

煮 茶

明·文徵明[①]

绢封阳羡月[②]，瓦缶惠山泉。
至味心难忘，闲情手自煎。
地炉残雪后，禅榻晚风前。
为问贫陶谷，何如病玉川。

①文徵明（1470–1559），名壁，以字行。后更名徵仲，号衡山居士。江苏苏州人，正德末以贡生诣都，授翰林院待诏。嘉靖初，预修《武宗实录》，侍经筵，致仕归。诗文书画皆工，世称其画兼有赵孟頫、倪瓒、黄公望之长。 ②阳羡，古地名，汉置阳羡县，今之江苏宜兴。

茶 坞

明·文徵明

岩隈艺灵树，高下郁成坞。
雷散一山寒，春生昨夜雨。
栈石分瀑泉，梯云探烟缕。
人语隔林闻，行行入深遇。

茶 人

明·文徵明

自家青山里，不出青山中。
生涯草木灵，岁事烟雨功。
荷锄入苍霭，倚树占春风。
相逢相调笑，归路还相同。

茶 笋

明·文徵明

东风吹紫苔，一夜一寸长。
烟花绽肥玉，云蕤凝嫩香。
朝来不盈掬，暮归难倾筐。
重之黄金如，输贡堪头纲[①]。

①头纲，宋代称成批运输的货物组织为纲。头纲，如云首批。

茶 籝[①]

明·文徵明

山匠运巧心，缕筠裁雅器。
丝含故粉香，箬带新云翠。
携攀萝雨深，归染松风腻。
冉冉血花斑，自是湘娥泪。

①籝，盛物的竹器。

茶灶

明·文徵明

处处鬻春雨[①]，青烟映远峰。
红泥垒白石，朱火然苍松。
紫英凝面薄，香气袭人浓。
静候不知疲，夕阳山影重。

①春雨，指雨前新茶。

茶焙

明·文徵明

昔闻凿山骨，今见编楚竹。
微笼火意温，密护云牙馥。
体既静而贞，用亦和而燠。
朝夕春风中，清香浮纸屋。

茶鼎

明·文徵明

斫石肖古制，中容外坚白。
煮月松风间，幽香破苍壁。
龙头缩蠢势，蟹眼浮云液。
不使弥明嘲，自随王濛厄。

茶瓯

明·文徵明

畴能炼精珉，范月夺素魄。
清宜鬻雪人，雅惬吟风客。
谷雨斗时珍，乳花凝处白。
林下晚未收，吾方迟来屐。

煮茶

明·文徵明

花落春院幽，风轻禅榻静。
活火煮新茶，凉蟾堕圆影。
破睡策功多，因人寄情永。
仙游恍在兹，悠然入灵境。

冷泉寺

明·高叔嗣[①]

露凫长林下，酌泉大士家。
根深别有水，色冷不关茶。
香象浮深壑，毒龙护浅沙。
烦蒸若为减，客思正如麻。

①高叔嗣（1502—1538），河南祥符人，字子业。嘉靖进士，历吏部主事，累官湖广按察使。少时受知于李梦阳，诗清新婉约，有《苏门集》。

谢钟君惠石埭茶[①]

明·徐渭[②]

杭客矜龙井，苏人代虎丘。
小筐来石埭，太守赏池州[③]。
午梦醒犹蝶，春泉乳落牛。
对之堪七碗，纱帽正笼头。

①石埭，唐置石埭县，属池州，后因之，今并入安徽太平县。 ②徐渭（1521—1593），浙江山阴人，字文长，号天池生，晚号青藤道人。诸生，曾为总督胡宗宪幕客，知兵好奇计。天才超逸，常自言"吾书第一，诗二，文三，画四。"有《徐文长集》。 ③池州，旧为安徽池州府，今贵池县。

茗山篇

明·徐渭

知君元嗜茗，欲傍茗山家。
入涧遥尝水，先春试摘芽。
方屏午梦转，小阁夜香赊。
独啜无人伴，寒梅一树花。

龙泉庵

明·焦竑

水品龙庵最，残春挟茗过。
世谁尊白法，吾自狎沧波。
古树闲僧老，空林野鸟多。
无因留信宿，清磬隔烟萝。

赠灵隐僧

明·陶望龄

（一）

稽留山下寺，客到每稽留。
僧定年年夏，蝉吟句句秋。
泉新云护觅，峰午月生楼。
不独贪名赏，兼怜茗事幽。

（二）

快晴真为月，骤雨更宜泉。
吠蛤惊来客[①]，鸣蜩急晚天。
清诗难抵供，高论屡妨禅。
一榻茶烟底，聊偿熟睡缘。

（三）

司仓吟里佛，桑苎茗中神[②]。
诗律怜吾减，茶熏到尔新。

著经今日异，斗品几山春。
倘问西来事，拈瓯举似人。

①吠蛤，蛙鸣。 ②桑苎，陆羽号桑苎翁。

游百泉

明·袁中道[①]

五里芳菲路，依山雪一湖。
鲛珠鸣石砾，鸾尾走菰蒲。
乳水烹茶净，深潭照影无。
余生何所愿，泛泛此中凫。

①袁中道（1570—1623），湖北公安人，字小修。万历进士。十岁能作赋，长益豪迈，游迹半天下。徽州教授，国子博士，终南京礼部郎中。与兄宗道、宏道等同力排王（世贞）李（攀）诗学之弊。有《珂雪集》。

登九山

明·袁中道

九子依稀似，攀跻莫厌劳。
泓渟卫水净，刻露太行高。
选石登岩遍，邮泉试茗遥。
东风多带土，何不种夭桃。

雨后过云公问茶事

明·居节[①]

雨洗千山出，氤氲绿满空。
开门飞燕子，吹面落花风。
野色行人外，经声流水中。
因来问茶事，不觉过云东。

①居节，字士贞，号商谷，江苏吴县人。从文徵明游，善书画。其家原隶于织造局。织监召见，不往，遂陷以逋币逮系而破家，仍僦居吟咏不辍，终以穷死。工诗，有《牧豕集》。

咏茶

明·张丁

佳品龙门产，先春长碧芽。
瀹泉分玉乳，烙火试云花。
沁入诗脾瘦，香清梦境赊。
相如故病渴[①]，饮啜转风华。

①相如故病渴：汉文学家司马相如有消渴之疾。

敬亭采茶

清·施闰章[1]

一踏松阴路，因贪茶候闲。
呼朋争手摘，选叶入云还。
竹色翠连屋，林香清满山。
坐看归鸟静，月出半峰间。

①施闰章（1618–1683），字尚白，号愚山。安徽宣城人。顺治进士。授刑部主事，历湖西道参议。康熙中召试博学鸿词，授侍讲，纂修《明史》，进侍读，晚年好延誉后进，四方之士多归之，文醇雅，尤工诗，有《学余堂诗文集》。

茶灶

明·陈恭尹[1]

白灶青铛子，潮州来者精。
洁宜居近坐，小亦利随行。
就隙邀风势，添泉战火声。
寻常饥渴外，多事养浮生。

①陈恭尹（1631–1700），广东顺德人，字元孝。时当明亡，父陈邦彦殉国难，恭尹才十岁。比长，遂隐居不仕，自号罗浮布衣。工诗，清迴拔俗，与屈大均、梁佩兰合称岭南三大家而为之冠。兼精书法，有《独漉堂集》。

趵突泉[1]

清·汪懋麟[2]

吾爱明湖水，还看趵突泉。
三堆晴雪涌，万点夜珠圜。
荇藻冬犹绿，烟波晚最妍。
倚阑怀陆羽，恨不到池边。

①趵突泉，泉名，在山东济南市西。 ②汪懋麟（1639–1687），江苏江都人，字季甪，号蛟门。康熙进士，授内阁中书，以弄部主事充史馆纂修官，预修《明史》，撰述甚多，吏才尤通敏。工诗，才气纵横，曾受业于王士禛之门。有《百尺梧桐阁集》。

趵突泉

清·康熙

十亩风潭曲，亭间驻羽旂。
鸣涛飘素练，迸水溅珠玑。
汲杓旋烹鼎，侵阶暗湿衣。
似从银汉落，喷作瀑泉飞。

锡山[1]

清·康熙

朝游惠山寺，闲饮惠山泉。
漱石流仍洁，分池溜自园。
松间幽径辟，岩下小亭悬。
聊共群工濯，天真本浩然。

①锡山，在今江苏无锡市。

烹雪

清·郭芬

贫自便清事，融花占茗旗。
王猷酌酒俗[1]，陆羽补经痴。
蟹眼云堆转，松风素浪吹。
一壶天味足，莫问党家姬。

①王猷，指东晋王徽之，字子猷。王羲之子。

虎丘

清·郭芬

不断有人游，将无是虎丘。
两门随岸辟，一水抱峰流。
酒茗僧家市，瓷铜贾客收。
书生无剑试，空到北山头。

茶

清·高鹗[1]

瓦铫煮春雪[2]，淡香生古瓷。
晴窗分乳后，寒夜客来时。
漱齿浓消酒，浇胸清入诗。
樵青与孤鹤，风味尔偏宜。

①高鹗（1738—1815），清汉军镶蓝旗人，字兰墅，一字云士，别号红楼外史。乾隆六十年（1795）进士，入翰林，授内阁侍读，刑科给事中。曾续《红楼梦》后四十回。有《兰墅诗抄》、《砚香词》。②瓦铫，煮茶用的器具。

煎茶坪

清·陶澍[1]

新险初尝试，煎茶此一坪。
溪回疑鸟坠，路仄避驴行。
隐隐前朝垒，荒荒落日程。
马前羌管发，吹作过山声。

①陶澍（1779—1839），湖南安化人，字子霖，

号云汀，嘉庆进士。道光间官至太子少保、两江总督。治理盐漕及皖之荒政，又治理江苏之三江水利，皆有嘉绩。有《印心石屋文集》等著作。

春茗

清·奕䜣[1]

当春新茗瀹，七碗忆卢仝。
炉鼎甘泉沸，旗枪活火烘。
暗香浮玉盏，佳趣寄诗筒。
沁齿清芬领，暄和扬午风。

①奕䜣（1832–1898），清咸丰帝第六子，少颖敏勤学，同治年间封恭亲王，与慈禧共谋诛肃顺，为议政王，光绪间罢职，寻复起为军机大臣，领总理各国事务衙门。

烹茶

清·奕䜣

煮雪茗新烹，诗怀一味清。
旗枪斟玉盏，榾柮爇银枪[1]。
瓯泛花翻粟，瓶开响杂笙[2]。
品茶应计碗，两腋好风生。

①榾柮，柴块。 ②此句谓以瓶煮水微沸时有声如笙箫。亦称瓶笙。

五言排律

故人寄茶

唐·曹邺[1]

剑外九华英，缄题下玉京。
开时微月上，碾处乱泉声。
半夜招僧至，孤吟对月烹。
碧沉霞脚碎，香泛乳花轻。
六腑睡神去，数朝诗思清。
月馀不敢费，留伴肘书行。

①曹邺，广西桂州人，字邺之。大中时（847-860）进士，官太常博士，终洋州刺史。

寄献湖州从叔员外

唐·郑谷[1]

顾渚山边郡，溪将罨画通[2]。
远看城郭里，全在水云中。
西阁归何晚，东吴兴未穷。
茶香紫笋露，洲迥白苹风。
歌缓眉低翠，杯明蜡剪红。
政成寻往事，辍棹问渔翁。

①郑谷，江西宜春人，字守愚。光启三年（887）进士，为都官司郎中。早以咏鹧鸪诗闻，称"郑鹧鸪"。有《云台编》三卷，司空图称其"当为一代风骚主"。 ②罨画，彩色之绢画。

北苑焙新茶

宋·丁谓

北苑龙茶茗，甘鲜的足珍。
四方惟数此，万物更无新。
才吐微茫绿，初沾少许春。
散寻萦树遍，急采上山频。
宿叶寒犹在，芳芽冷未伸。
茅檐溪口焙，篮笼雨中民。

长疾勾萌并，开齐分雨均。
带烟蒸雀舌，和露叠龙鳞。
作贡胜诸道，先尝只一人。
缄封瞻阙下，邮传渡江滨。
特旨留丹禁，殊恩赐近臣。
啜为灵药助，用与上樽亲。
头进英华尽，初烹气味醇。
细香胜却麝，浅色过于筠。
顾渚惭投木，宜都愧积薪。
年年号供御，天产壮瓯闽。

五言古风

芳茗原[1]

唐·裴次元[2]

族茂满东原，敷荣看朊朊。
採撷得精英，芳馨涤烦暑。
何用访蒙山，岂劳游顾渚。

①芳茗原，在福州，居唐元和八年（813）所建毬场东偏，为毬场二十九景之一。　②裴次元，唐元和间，自太府卿出为福州刺史兼福建等州观察使，兴建马毬场于福州城东。有《毬场山亭二十咏》，见出土残碑。

杏 水

唐·姚 合

不与江水接，自出林中央。
穿花复远水，一山闻杏香。
我来持茗瓯，日屡此来尝。

走笔谢孟谏议新茶

唐·卢 仝

一碗喉吻润，两碗破孤闷。三碗搜枯肠，唯有文字五千卷。四碗发轻汗，平生不平事，尽向毛孔散。五碗肌骨清，六碗通仙灵。七碗喫不得也，惟觉两腋清风生。

茶 灶

宋·梅尧臣

山寺碧溪头，幽人绿岩畔。
夜火竹声乾，春瓯茗花乱。
兹无雅趣兼，薪桂烦燃爨。

金山芷芝二僧携茗见访

宋 · 梅尧臣

一游江山上，日日吟不足。
双锡忽来过，衣霜带初旭。
况能持茗具，向此烹新绿。
中泠水若饴，北焙花如粟。
还将尘虑涤，自愧冠缨束。
何以报勤勤，驰奴叩云谷。

黄敏复尉新城

宋 · 梅尧臣

新城接桐庐，山茗久所利。
江东亡命儿，贩不畏黥劓。
堂上千金子，捕以操凶器。
恐非吾徒为，勇少乃可避。

王仲仪寄斗茶

宋 · 梅尧臣

白乳叶家春，铢两直钱万。
资之石泉味，特以阳芽嫩。
宜言难购多，串片大可寸。
谬为识别人，予生固无恨。

村舍杂书

宋 · 陆游

东山石上茶，鹰爪初脱韝。
雪落红丝磑，香动银毫瓯。
爽如闻至言，余味终日留。
不知叶家白，亦复有此不。

同尹一游茶山齐贤继来

宋 · 韩淲

蒸雨隘闾巷，茶山午风清。
同吟方斋人，禅老相送迎。
隔城带湖光，更约畅叙情。
轻云转雷晚，静定天宇明。

陆羽泉

宋·周弼

拟酌松根泉，先酹松下土。
瓯牺副都篮，拾薪自煎煮。
一杯复一杯，并酌连四五。
寄谢山中人，腹痛不累汝。

即惠山煮茶

宋·蔡襄[①]

此泉何以珍，适与真茶遇。
在物两称绝，于予独得趣。
鲜香箸下云，甘滑杯中露。
当有变俗骨，岂特湔尘虑。
昼静清风生，飘萧入庭树。
中含古人意，来煮庶冥悟。

①蔡襄（1012–1067），福建仙游人，字君谟，天圣八年（1030）进士，知谏院，又出知福、泉、杭等州，端明殿学士，书法与苏（轼）黄（庭坚）米（芾）合称四大家。谥忠惠。创北苑龙团凤饼贡茶。著《茶录》、《荔支谱》，有《蔡忠惠集》。

茶垄

宋·蔡襄

造化曾无私，亦有意所加。
夜雨作春力，朝云获日华。
千万碧玉枝，戢戢抽灵芽。

采茶

宋·蔡襄

春衫逐红旗，散入青林下。
阴崖喜先至，新苗渐盈把。
竟携筠笼归，更带山云写。

造茶

宋·蔡襄

屑玉寸阴间，抟金新范里。
规呈月正圆，势动龙初起。
焙出香色全，争夸火候是。

试茶

宋·蔡襄

兔毫紫瓯新[1]，蟹眼青泉煮。
雪冻作成花，云间未垂缕。
愿尔池中波，去作人间雨。

①兔毫紫瓯：宋代建州所产黑釉瓷茶碗，有聚针纹如兔毫者，称兔毫盏。

修贡亭

宋·蔡襄

清晨挂朝衣，盥手署新茗。
腾虬守金钥[1]，疾骑穿云岭。
修贡贵谨严，作诗谕远永。

①此句谓龙团贡茶入箧加锁。

游惠山

宋·苏轼

敲火发山泉，烹茶避林樾。
明窗倾紫盏，色味两奇绝。
吾生眠食耳，一饱万想灭。
颇笑玉川子，饥弄三百月。
岂如山中人，睡起山花发。
一瓯谁与共，门外无来辙。

烹茶

宋·陆游

曲生可论交[1]，正自畏中圣[2]。
年来衰可笑，茶亦能作病。
噎呕废晨餐，支离失宵暝。
是身如芭蕉，宁可与物竞。
兔瓯试玉尘，香色两超胜。
把玩一欣然，为汝烹茶竟。

①曲生：唐代以来据故事戏称酒为“曲秀才”或“曲生”。　②中圣：汉末酒禁甚严，时人讳言“酒”字，称清酒为“圣人”，称浊酒为“贤人”，称醉酒为“中圣”。

夜汲井水煮茶

宋·陆游

病起罢观书，袖手清夜永。
四邻悄无语，灯火正凄冷。
山童亦睡熟，汲水自煎茗。

锵然辘轳声，百尺鸣古井。
肺腑凛清寒，毛骨亦苏省。
归来月满廊，惜踏疏梅影。

郏园水阁煎茶

宋·刘攽[①]

溪梅已烂漫，溪水方绿净。
惜春聊插花，愧花还照影。
淹留侍烹茶，初觉昼日永。

①刘攽（1023-1089），江西新喻人，字贡父。庆历间与兄刘敞同登进士。熙宁初官同知太常礼院，因议王安石新法不便，出知曹州。为政尚宽，盗风衰息。元祐中召为中书舍人，与司马光同修《资治通鉴》。有《彭城集》。

茶 山

宋·韩淲

（一）

人日游茶山[①]，点检山下泉。
载惟两贤祠，缅邈桑苎仙。
岂无高洁怀，何有香火缘。
雨晴动春事，草树含芳妍。
独来宴坐久，湛然还惘然。
扶舆度归路，寻友了闲篇。

（二）

南风满修竹，两贤凛如生。
残僧具汤饼，茗碗寒泉清。
归来涉城市，货殖何纵横。
溪明漾长桥，履此复畅情。
暄寂等一境，人世不足惊。
北窗卧微凉，神思才清平。

①人日：农历正月初七日为“人日”。

惠山夜坐

明·袁中道

酒是惠山泉，茶是惠山水。
山色平拖蓝，春月更和美。
画船开两轩，月色入船里。
对月举酒杯，侍儿亦可喜。
如此好景光，端无复睡理。

采茶作

清·施闰章

秋兰佩难久，琼枝何可得。
懿此敷云岑，含芳有佳色。
日霁露方晞，柔叶静如拭。
幽人急春务，骋兴不借力。
摘制争须臾，怀袖香不息。
驰情欲有赠，徒望凌风翼。

试茗

清·乾隆

云馆邀闲客，雨前试茗芽。
湘炉需融乳，越碗月分华。
雅是清供具，宁须奇品夸。
雕几贵寓意，淡泊以为嘉。

烹茗

清·乾隆

筠炉江南来，恰合设白屋。
烹煎松风鸣，活泼雪色漉。
奇吟输唐卢，佚乐学复陆。
擎杯方无言，魄月蔌绿竹。

七言绝言

送许丞还洛阳

唐·皎然

剡茗情来亦好斟[1]，空门一别肯沾襟。
悲风不动罢瑶轸[2]，忘却洛阳归客心。

①剡茗：剡，古县名，今浙江嵊县，亦产茶。②瑶轸：古琴上用以转动收弦的轴称“轸”，或以玉为之。指抚琴。

与元居士青山潭饮茶

唐·灵一[1]

野泉烟火白云间，坐饮香茶爱此山。
岩下维舟不忍去，青溪流水暮潺潺。

①灵一，唐诗僧，广陵人，俗姓吴。曾居余杭宜丰寺，与张继、皇甫曾为友。有《灵一集》。

与赵莒茶宴

唐·钱起

竹下忘言对紫茶，全胜羽客醉流霞。
尘心洗尽兴难尽，一树蝉声片影斜。

凉风亭睡觉

唐·裴度[1]

饱食缓行新睡觉，一瓯新茗侍儿煎。
脱巾斜倚绳床坐[2]，风送水声来耳边。

①裴度（765-839），山西闻喜人，字中立，贞元初进士。唐代名相，授门下侍郎平章事，平蔡州之叛，擒吴元济，封晋国公，知政事。　②绳床，古时可折叠便携的小椅，亦称胡床。

尝茶

唐·刘禹锡[1]

生拍芳茸鹰觜芽，老郎封寄谪仙家。
今宵更有湘江月，照出霏霏满碗花。

①刘禹锡（772–842），河南洛阳人，字梦得，贞元九年（793）进士。参与王叔文变革，官集贤殿学士，太子宾客，永贞元年（805）与柳宗元等八人同贬为州司马，时称八司马。诗与白居易并称“刘白”。

萧员外寄新蜀茶

唐·白居易

蜀茶寄到但敬新，渭水煎来始觉珍。
满碗似乳堪持玩，况是春深酒渴人。

闲眠

唐·白居易

暖床斜卧日曛腰，一觉闲眠百病销。
尽日一餐茶两碗，更无所要到明朝。

湖州贡焙新茶

唐·张文规

凤辇寻春半醉回，仙娥进水御帘开。
牡丹花笑金钿动，传奏吴兴紫笋来[1]。

①紫笋：唐时顾渚贡茶及蒙顶贡茶之上品皆有称紫笋者。此指吴兴紫笋，即顾渚茶。

乞新花

唐·姚合

嫩绿微黄碧涧春，采时闻道断荤辛。
不将钱买将诗乞，借问山翁有几人。

谢寄新茶

唐·杨嗣复[1]

石上生芽二月中，蒙山顾渚莫争雄。
封题寄与杨司马，应为前衔是相公。

①杨嗣复，先世华阴人，汉杨震之裔，字继之，贞元进士。工诗，累迁中书舍人，牛僧孺、李宗闵引用之。擢尚书左丞。太和初出为剑南东川节度使，宗闵复相，拜中书门下平章事。武宗立，贬为潮州刺史。

春霁

唐·施肩吾[1]

煎茶水里花千片，候客亭中酒一樽。
独对春光还寂寞，罗浮道士忽敲门。

①施肩吾，浙江建德人，字希圣，元和中进士。慕神仙，隐居于豫章西山。

蜀茗词

唐·施肩吾

越碗初盛蜀茗新，薄烟轻处搅来匀。
山僧问我将何比，欲道琼浆却畏嗔。

题碧山寺塔

唐·章孝标

六时佛火明珠缀，午后茶烟出翠微。
萦砌乳泉梳石发，滴松银露洗墙衣[1]。

①石发、墙衣，皆苔藓类名称。

答友人寄新茗

唐·李群玉[1]

满火芳香碾曲尘，吴瓯湘水绿花新。
愧君千里分滋味，寄与春风酒渴人。

①李群玉，湖南澧州人，字文山。举进士不第。宰相裴休荐之，授弘文馆校书郎，旋即乞归。有《李群玉集》。

题惠山泉

唐·皮日休

（一）

丞相长思煮泉时，郡侯催发只忧迟。
吴关去国三千里，莫笑杨妃爱荔枝。

（二）

马卿消瘦年才有，陆羽茶门近始闻。
时借僧炉拾寒叶，自来林下煮潺湲。

谢朱常侍寄贶蜀茶、剡纸

唐·崔道融[1]

（一）

瑟瑟香尘瑟瑟泉，惊风骤雨起炉烟。

一瓯解却山中醉，便觉身轻欲上天。

（二）

百幅轻明雪未融，薛家凡纸漫深红[②]。

不应点染闲言语，留记将军盖世功。

①崔道融，湖北荆州人，自号东瓯散人。曾为永嘉令，累官至右补阙。唐末避战乱入闽。 ②薛家凡纸句：赞剡纸之白不逊于薛涛笺之红。

宗人惠四药

唐·郑谷

宗人忽惠西山药，四味清新香助茶。

爽得心神便骑鹤，何须烧得白朱砂。

投谒齐己

唐·乾康[①]

隔岸红尘忙似火，当轩青嶂冷如冰。

烹茶童子休相问，报道门前是衲僧。

①乾康，未详。此诗为投谒诗僧齐己者，末云“报道门前是衲僧”，可知亦与齐己同时之释子。

德山老人送茶至

唐·吕从庆[①]

数株香茗产松坡，野老新分半两多。

钓罢归来儿说与，引瓢旋汲涧中波。

①吕从庆，河南开封人，字世膺。从其祖为官于金陵，广明中（880-881），黄巢来攻，走避歙州。迨朱温篡唐，遂遁迹于旌德万山中。有《丰溪存稿》。

茗坡

唐·陆希声[①]

二月山家谷雨天，半坡芳茗露花鲜。

春醒酒病兼消渴，惜取新芽旋摘煎。

①陆希声，江苏吴县人。博学善属文。书得拨灯法，官右拾遗，擢歙州刺史。昭宗（889-904）闻其名，召为给事中，拜户部侍郎、同中书门下平章事，以太子少师致仕。

汤

唐·福全

生成盏里水丹青，巧画工夫学不成。

却笑当时陆鸿渐，煎茶赢得好名声。

偈

唐·行因

前朝诏住栖贤寺，雪夜逃居岩石间。
想见煮茶延客处，直缘生死不相关。

赏春

唐·路半千

暖日当头催展芽，和风次第遣开花。
呼童远取溪心水，待客来煎柳眼茶。

春昼（回文）[①]

五代·李涛[②]

茶饼嚼时香透齿，水沉烧处碧凝烟。
纱窗避著犹慵起，极困晴乍阴雨天。
*回文诗，顺读倒读皆可。

①回文：诗之一体，通首顺读、倒读皆可。
②李涛，陕西京兆万年人，字信臣。唐亡，先仕后梁，继仕后唐，后晋初历官刑部郎中，后汉为翰林学士，后周历户部尚书，宋初为兵部尚书。工诗。

谢郎中惠茶

五代·蒋贻恭[①]

三斤绿茗赐贻恭，一种颁沾事不同。
想料肠怀无答处，披毛戴角谢郎中。

①蒋贻恭，江苏吴县人，流落入蜀。性耿直，有逸才，吟咏率多讽刺。前蜀主王建见诗大喜曰："敢言之士也。"特授为名山令。

煎茶

五代·成彦雄[①]

岳寺春深睡起时，虎跑泉畔思迟迟。
蜀茶倩个云僧碾，自拾枯松三四枝。

①成彦雄，字文干，南唐进士。有《梅岭集》。

宫词

宋·宋白[①]

龙焙中春进乳茶，金瓶汤沃越瓯花。
玉堂宣赐元承旨，明日登庸降白麻[②]。

①宋白（936–1012），大名人，字太素，建隆进士。乾德初试拔萃科得高等，授著作佐郎。太宗擢为左拾遗，权知兖州。雍熙中与李昉等共纂《文

苑英华》千卷，三掌贡举，官终吏部尚书。

②白麻：唐以来，朝廷除授官职的诏书用白麻纸，故称降诏为降白麻。登庸，升官重用之谓。

谢孙大谏惠茶

宋·魏 野[①]

卢仝曾谢谏官茶，狂作长歌任过夸。

争似君今相惠者，分从金口到村家。

①魏野（961–1020），河南陕县人，字仲先。嗜吟咏，不求闻达，居陕州东郊，号草堂居士，为宋初大中祥符间（1008–1021）人。有《东观集》。

诗 一 首

宋·魏 野

城里争看城外花，独来城里访僧家。

辛勤旋觅新钻火，为我亲烹岳麓茶[①]。

①岳麓茶：湖南长沙有岳麓山，此所云茶或是湘中所产。

茶

宋·林 逋[①]

石辗轻飞瑟瑟尘，乳花烹出建溪春。

世间绝品人难识，闲对《茶经》忆古人。

①林逋（968–1028），浙江杭州人，字君复。隐居西湖之孤山，工书，善诗，不娶，种梅畜鹤。人称“梅妻鹤子”。卒谥“和靖先生”。

又以建茶代宣笔别书一绝

宋·杨 亿

青管演纶都已竭，文楸争道恨非高[①]。

辄将北苑先春茗，聊代山中堕月毫。

①首联上句，青管演纶，谓以青缕管（笔）誊写诏书。下句文楸争道，谓围棋局（纹楸）上占道争胜。

谢仁上人惠茶

宋·释智圆[①]

寄我山茶号雨前，斋余闲试仆夫泉。

睡魔遣得虽相感，翻引诗魔来眼前。

①智圆，原为钱塘徐氏子，字无外，自号中庸子，

居杭州孤山玛瑙院。与林逋相邻为诗友。有《闲居编》。

谢鲍学士惠腊茶

宋·释重显[①]

从卉乘春独让灵，建溪从此振嘉声。
使君分赐深深意，曾敌禅曹万虑清。

①重显，原为遂宁李氏子，字隐之，居明州雪窦寺，皇祐中（1049–1054）赐号明觉大师。有《瀑泉集》。

谢郎给事送建茗

宋·释重显

陆羽仙经不易夸，诗家珍重寄禅家。
松根石上春光里，瀑水烹来斗百花。

送山茶上知府郎给事

宋·释重显

谷雨前收献至公，不争春力避芳丛。
烟开曾入深深坞，百万枪旗在下风。

煮茶

宋·晏殊[①]

稽山新茗绿如烟，静挈都篮煮惠泉[②]。
未向人间杀风景，更持醪醑醉花前。

①晏殊（993–1055），江西临川人，字同叔。景德初十二岁以神童荐，真宗召与进士并试廷中，殊援笔立成，授同进士出身，命直史馆。庆历三年（1043）累官至同书门下平章事。欧阳修、范仲淹等皆出其门下。工诗词，有《珠玉词》、《萝轩行集》等。　②都篮：古时盛茶具之篮子，见陆羽《茶经》。

建茶

宋·晏殊

北苑中春岫幌开，里民清晓驾肩来[①]。
丰隆已助新芽出[②]，更作欢声动地催[③]。

①驾肩，即承肩，肩负工具。　②丰隆，古称雷神名。亦指雨神。　③末句，开春入山摘头遍茶时，有众人喊山之举。

茶磨

宋·梅尧臣

盆是荷花磨是莲，谁砻麻石洞中天。
欲将雀舌成云末，三尺蛮童一臂旋。

时会堂

宋·梅尧臣

（一）

今年太守采茶来，骤雨千门禁火开。
一意爱君思去疾，不缘时会此中杯。

（二）

雨发雷塘不起尘，蜀昆冈上暖先春。
烟芽才吐朱轮出，向此亲封御饼新。

春贡亭

宋·梅尧臣

梦谷浮船稳且平，泊登冈顶看茶生。
始从官属二三辈，时听春禽一两声。

蒙谷

宋·梅尧臣

茗园葱茜与山笼，一夜惊雷发旧丛。
五马留连未能去[①]，土囊深处路微通[②]。

①五马：古称官太守（知府）为五马之贵。 ②土囊：山中洞穴又称土囊。

七宝茶

宋·梅尧臣

七物甘香杂蕊茶，浮花泛绿乱于霞。
啜之始觉君恩重，休作寻常一等夸。

罗汉阁煎茶应供

宋·葛闳[①]

山泉飞出白云寒，来献灵芽秉烛看。
俄顷有花过数百，三瓯如吸玉腴干。

①葛闳，皇祐中（1049-1054）江阴知县，运河多淤塞，积潦害稼，闳募粟二万斛，浚治四十里。

观文丁右丞求赐茶因奉短诗

宋·宋庠

（一）

金门高隐宰官身，尽把功名付客尘。
慧露真腴内消热，可烦霞脚一瓶春。

（二）

龙衔缥质尊王贡，月满春规记焙名。
此味赏音知有意，不将甘醴作交情。

谢答吴侍郎惠茶绝句

宋·宋庠

（一）

贡焙僧岩各有名，手封奇品更丁宁。
衰翁剧饮虽无分，且喜云腴伴独醒。

（二）

一奁真茗慰钤斋[①]，更伴仙卿逸藻来。
夜啜晓吟俱绝品，心源何处着尘埃。

①奁：古盛茶的器皿也称奁。钤斋，指治理军事机要之处。宋庠官太尉，故云。

绝句

宋·胡宿[①]

（一）

碧城斋禁放朝元，晚饮偷消白日闲。
天上高真潜诇得，因将瑶藻掷云间。

（二）

宝刀玉尺裁佳句，雪溜云腴试早芽。
睡魄顿消清到骨，一成僧味似僧家。

①胡宿（996–1067），江苏常州人，字武平。登进士第，累迁知湖州，为顾渚茶的产地。宿倡学为东南之最，又筑石塘百里以捍北患，民称胡公塘。历枢密副使，治平间（1064–1067）出知杭州。有《文恭集》。

和公仪湖上烹蒙顶新茶作

宋·文彦博[①]

蒙顶露芽春味美，湖头月馆夜吟清。
烦酲涤尽冲襟爽，暂适萧然物外情。

①文彦博（1006–1097），山西介休人，字宽夫。天圣五年（1027）进士，累官至同中书门下平章事，封潞国公。熙宁中，与王安石议不合，出为河东节度使，以太师致仕。元祐初复相，居五年复致仕。历事四朝，任将相五十年。在洛阳与富弼、司马光等结耆英会。有《文潞公集》。

蒙顶茶

宋·文彦博

旧谱最称蒙顶味，露芽云液胜醍醐。
公家药笼虽多品，略采甘滋助道腴。

和王平甫教授赏花处惠茶韵

宋·邵雍[①]

太学先生善识花，得花精处却因茶。
万红香里烹余后，分送天津第一家。

①邵雍（1011–1077），河北涿州人，字尧夫，自号安乐先生。雍与二程同时，深通《易》理，

程颢称其有内圣外王之学。有《伊川击壤集》，元祐间谥康节。

六月八日山堂试茶

宋·蔡襄

湖上画船风送客，江边红烛夜还家。
今朝寂寞山堂里，独对炎晖看雪花。

江长官惠茶

宋·韩维[1]

春风北苑露芽繁，购得封题第一番。
真际云门吾不问，一提瓶起万魔奔。

①韩维（1017–1098），河南雍丘人，字持国。父韩億,兄韩绛。因父在朝辅政，避不就试进士。父没，闭门不仕。宰相荐其好古嗜学，安于静退。神宗为王子时，维尝任其记室参军。神宗立，累迁翰林学士，知开封府，后任翰林承旨。疏陈青苗法之害。哲宗时为门下侍郎，以太子少傅致仕。绍圣中（1094–1100）列元祐党人籍，谪均州安置，听归里。有《南阳集》。

寄献新茶

宋·曾巩[1]

种处地灵偏得日，摘时春早未开雷。
京师万里争先到，应得慈亲手自开。

①曾巩（1019–1083），江西南丰人，字子固。嘉祐二年（1057）进士。历知齐、襄、洪、福等七州，多嘉绩。官至中书舍人。藏书二万卷皆自校定。诗文为唐宋八大家之一。学者称“南丰先生”。

方推官寄新茶

宋·曾巩

采摘东溪最上春，壑源诸叶品尤新[1]。
龙团贡罢争先得，肯寄天涯主诺人。

①壑源，茶品名，剑津所产。

尝新茶

宋·曾巩

麦粒收来品绝伦，葵花制出样争新。
一杯永日醒双眼，草木英华信有神。

蹇蹯翁寄新茶

宋·曾 巩

（一）

龙焙尝茶第一人，最怜溪岸两旗新。
肯分方跨醒衰思，应恐慵眠过一春。

（二）

贡时天上双龙去，斗处人间一水争[1]。
分得余甘愿憔悴，碾尝终夜骨毛情。

①此句谓当时斗茶之俗，即今所谓评比。

寄茶与和甫

宋·王安石[1]

（一）

采绛缝囊海上舟，月团苍润紫烟浮。
集英殿里春风晚，分到并门想麦秋。

（二）

碧月团团堕九天，封题寄与洛中仙。
石城试水宜频啜，金谷看花莫谩煎！

①王安石（1021–1086），江西临川人，字介甫，号半山。少好读书，工为文。庆历二年（1042）进士。嘉祐中历度支判官，上万言书，倡变法。神宗倚以为相，改革政治，兴诸变法，遭朝野反对，出为镇南军节度合。元丰中复相，封荆国公。文章峭深，为唐宋八大家之一。有《临川集》，著作甚富。

谢元功惠茶

宋·强 至

长卿病肺渴欲死，宰予寝兴昼复浓[1]。
绿云杯面呷未尽，已觉清液生心胸。

①上二句，长卿，汉司马相如字，病消渴，见前注。宰予，孔子弟子，因昼寝（白日睡觉），曾被孔子责备。

谨和答惠茶之什

宋·强 至

绿云浮面味回长，每饮疑无盛德香。
不独蠲烦优下吏，更容归遗细君赏。

赠杨乐道建茶

宋·沈 遘[①]

建溪石上摘先春，万里封包数数珍。
羸病从来苦多饮，高情应只属诗人。

①沈遘，浙江杭州人，字文通。皇祐间（1049-1053）进士，历知杭州，疏隽博达，明于吏治，迁龙图阁直学士、知开封府，拜翰林学士判流内铨。有《西溪集》。

茶 仙

宋·徐 积[①]

赐得龙田不种花，自携瑶水灌烟霞。
谁将玉树双枝换，只得春前一寸芽。

①徐积（1028-1103），字仲车，江苏淮安人。初从胡瑗学，元祐初官楚州教授，政和中赐谥节孝处士，有《节孝集》。

答岳山莲惠茶

宋·吕 陶[①]

春芽不染焙中烟，山客勤勤惠至前。
洗涤肺肝时一啜，恐如云露得超仙。

①吕陶（1027-1103），四川成都人，字元钧，号净德。皇祐中进士。应熙宁制科，对策时指摘新法之误，谪判蜀州。哲宗立，除殿中侍御史，疏论蔡确、章惇等，进给事中，知潞州。寻入元祐党人籍，夺职。徽宗初复起集殿修撰，知梓州。有《净德集》。

尝 茶

宋·沈 括[①]

谁把嫩香名雀舌，定来北客未曾尝。
不知灵草天然异，一夜风吹一寸长。

①沈括（101-1095），浙江杭州人，沈遘之从弟，字存中，嘉祐间（1056-1063）进士。神宗时累官太子中允，提举司天监，造浑仪景表，定新历，擢知制诰，使契丹，不辱命，拜翰林学士，出镇宣州，坐事谪均州。括博学善文，于天文、方志，律历、音乐、医药、卜算无所不通。有《长兴集》、《梦溪笔谈》、《苏沈良方》等。

谢王介甫

宋·薛利和

一路生灵陡顿贫[①]，庙堂康济岂无人。
君侯若问茶租日，请把茶租乞与人。

①陡顿：突然生变为陡顿，亦称斗顿。

谢腊茶

宋·三姑

陆羽《茶经》一品香，当初亲受向明王。
如今复有苏夫子，分我花盆美味尝。

饷茶不容少待

宋·李之仪[1]

（一）

玉骨冰肌体自轻，非关茗饮觉神清。
无端堕落红尘里，碾就云腴不许烹。

（二）

厌厌酒病结春阴，邻笛传来恨更深[2]。
拟借春风联袂去，遏云佳处托知音。

①李之仪，山东无棣人，字端叔。历枢密院编修官，通判原州，徽宗初（1101-1106）提举河东常平，坐为范纯仁遗表作行状，编管太平州，遂居姑孰，徙唐州，终朝请大夫。有《姑溪词》。
②邻笛，借晋代向秀过嵇康、吕安被害后之故居，闻其邻人吹笛之声，伤怀作《感旧赋》故事，寓追昔怀友之意。

送刘寺丞赴余姚（节选）

宋·苏轼

余姚古县亦何有，龙井白泉甘胜乳。
千金买断顾渚春，似与越人降日注[1]。

①诗中“龙井”、“顾渚”、“日注”（又称日铸），皆浙中所产名茶。而“日注”即余姚所产。

归宜兴，留题竹西寺

宋·苏轼

十年归梦寄西风，此去真为田舍翁。
剩觅蜀冈新井水，要携乡味过江东。

绝句

宋·苏轼

（一）

酡颜玉盏捧纤纤，乱点余花唾碧衫。
歌咽水云凝静院，梦惊松雪落空岩。

（二）

空花落尽酒倾缸，日上山融雪涨江。
红焙浅瓯新火活，龙团小碾斗晴窗。

雪 诗

宋 · 苏 轼

儿童龟手握轻明[①]，渐碾枪旗入鼎烹。
拟欲为之修《水记》，惠山泉冷酿泉清。

①龟手：天寒手冻裂称龟手。

又赠老谦

宋 · 苏 轼

泻汤旧得茶三昧，觅句近窥诗一斑。
清夜漫漫困披览，斋肠那得许悭顽。

陈老父携茶见访因留小饮

宋 · 郭祥正

（一）

有儿不娶似庞公，香火传家悟性空。
父子相扶俱白发，人间能有几人同。

（二）

怜我非辜挂网罗，手携筇杖数相过。
一杯得伴仙翁醉，馋喙虽长奈我何。

休师携茶相过

宋 · 郭祥正

（一）

世情弹指旋成尘，物外论交只与君。
试拣松阴投石坐，一杯分我建溪云。

（二）

晚风吹坐忽生凉，旋碾新茶与客尝。
我本无心无所证，沉烟何事结圆光。

茶 苑

宋 · 黄 裳[①]

想见春来喊动山，雨前收得几篮还。
斧斤不落幽人手，且喜家园禁已闲。

①黄裳（1044–1130），福建延平人，字勉仲，自号紫玄翁。元丰五年（1082）进士第一人。政和间知福州，累迁端明殿学士、礼部尚书，赠少傅。有《演山集》。

乞茶

宋·黄裳

未终七碗似卢仝，解跨骎骎两腋风。
北苑枪旗应满箧，可能为惠向诗翁。

谢公择舅分赐茶

宋·黄庭坚

外家新赐苍龙璧，北焙风烟天上来。
明日蓬山破寒月，先甘和梦听春雷。

奉同公择作拣芽咏

宋·黄庭坚

赤囊岁上双龙璧，曾见前朝盛事来。
想得天香随御所，延春阁道转轻雷。

催公静碾茶

宋·黄庭坚

雪里过门多恶客，春阴只恼有情人。
睡魔正仰茶料理，争遣溪童碾玉尘。

送张子列茶

宋·黄庭坚

斋余一碗是常珍，味触色香当几尘。
借问深禅长不卧，何如官路醉眠人。

绝句

宋·张耒

老去不禁茶力悍，两瓯破尽五更眠。
月团三百真魔物，欲乞当垆当酒钱。

扬州杂咏

宋·晁补之[1]

蜀冈茶味图经说，不贡春芽向十年。
未惜青青藏马鬣[2]，可能辜负大明泉。

①晁补之（1059-1129），山东钜野人，字无咎，号归来子。少聪明强记，善属文。十七岁从父官杭州，萃钱塘之胜作《七述》。苏轼见之曰：“吾可以搁笔矣。”举进士。试开封及礼部皆第一。以礼部郎中出知河中府，历湖、密、果三州。还家葺归来园。大观末起知达、泗二州。补之才气飘逸，工书画，文章奇卓温润。有《鸡肋集》、《晁无咎词》。与黄庭坚等号苏门四学士。
②马鬣：指坟上封土，意谓埋没。

次韵提刑毅甫送茶

宋·晁补之

忽羔煮饼渐宜秦，愁绝江南一味真。
健步远梅安用插，鹧鸪金盏有余春[1]。

①鹧鸪金盏：宋代闽浙所产黑釉磁茶碗中有橙色斑纹者，称“鹧鸪斑”。

张杰以龙茶换苏帖

宋·晁补之

寄茶换字真佳尚，此事人间信亦稀。
它日封厨失双牍，应随痴顾画俱飞[1]。

①痴顾：晋代名画家顾恺之，有才绝、画绝、痴绝之称。

德清五兄寄清茶

宋·毛滂[1]

玉角苍坚已照人，冰肝寒洁更无尘。
凤凰雨露生珍草，不比榛芜亦漫春。

①毛滂，浙江江山人，字泽民。曾官杭州法曹，以乐府受知苏轼，因而得名。尝知武康军，又知秀州。有《东堂词》。

张纠惠吴洞簦

宋·邹浩

茶选修仁方破碾，簦分吴洞忽当筵[1]。
君谟远矣知难作[2]，试取一瓢江水煎。

①簦：古称有长柄之笠为簦，类今之伞。②君谟蔡襄字。

欢喜口号

宋·黄彦平[1]

蜀茶互市入西番，番马来嘶渭水寒。
为报尧峰吴少保，径招属户会长安。

①黄彦平，江西丰城人，字季岑，号次山，宣和进士。靖康中（1127），因与李纲友善被贬官。南渡后官吏部郎中，多所建议。出为提点湖南刑狱。有《三余集》。

次韵和张椽新泉

宋·洪刍[1]

水之美者三危露[2]，邂逅清甘一勺同。
两客携茶煮汤鼎，归来应御玉川风。

①洪刍，江西南昌人，字驹父。黄庭坚之甥，绍

圣（1094–1098）进士。放荡江湖，不求闻达。靖康中为谏议大夫，坐事贬海上。与兄朋，弟炎、羽，俱负才名，号四洪。刍诗尤工，有《老圃集》。②胡床：古代称可折叠携带的椅为胡床。亦称绳床，或称交椅。

清谷水煎茶

宋·吴则礼

快烧铜鼎欹胡床，边头初试蟹眼汤。
竟陵谷帘定少味[①]，唤取阿羽来说尝。

①竟陵，地名，有陆羽泉，今湖北天门县。谷帘，泉名，在江西庐山。

兰皋煎茶[①]

宋·吴则礼

掠水纤纤紫燕斜，聊凭乌几伫幽花。
今年未识云腴面，且拨去年官焙芽。

①兰皋，有兰草的岸上。见屈原《离骚》。

金陵狱中谢人惠茶

宋·释惠洪[①]

宝公关锁寻常事[②]，谂老家风气味长[③]。
十载故人情外意，一杯今日雨前香。

①惠洪（1071–1128），江西宜丰人。字觉范。有诗名，善作小词，有《石门文字禅》。②宝公：指六朝齐梁时之名僧宝诘，亦称诘公或宝公。为梁武帝所敬事。③谂老，唐高僧，法名从谂。居赵州观音院，受法于南泉邱可，乾宁中（894–898）赐谥真际禅师。人称赵州和尚。

试茶

宋·许景衡[①]

此生贫与病相兼，从仕居闲两不堪。
莫怪年来有茶癖，要看滋味在余甘。

④许景衡（1072–1128），浙江瑞安人，字少伊。从程颐学，登元祐（1086–1094）进士。高宗初除御史中丞，进尚书左丞，为黄潜善等所谗，罢去。有《横塘集》。

次韵德升惠新茶

宋·葛胜仲[①]

宠饷头纲北焙茶，分甘应自五侯家。
午鸡惊破槐安梦[②]，犹有新香在齿牙。

①葛胜仲，江苏丹阳人，字鲁卿。绍圣（1094-1098）进士，累迁太常卿兼谕德，除国子祭酒，出知湖州、邓州，罢归。建炎中复知湖州，修城郭、作战舰御寇，发官廪赈饥民。绍兴中乞祠归。有《丹阳集》。 ②槐安梦：即传说卢生过邯郸之南柯梦，又称邯郸梦、黄粱梦。

再韵德升惠新茶

宋·葛胜仲

双叠红囊贮拣芽，旋将活火试瑶花。
半生未有阳侯厄[①]，喜听咿哑转井车。

①阳侯：古称波神为阳侯。

新茶

宋·葛胜仲

当日火功应有法，此时水厄定无余。
闲轩七碗宜频试，九陇清泉胜具区[①]。

①具区，江苏太湖之古名。

烹茶

宋·葛胜仲

俗耳未容听滴沥，水瓶聊遣挹泓澄。
晴轩小酌煎新茗，纱帽笼头似管宁[①]。

①纱帽句：三国时高士管宁，常戴白色高冠。故以自拟。

谢子发惠茶

宋·王庭珪[①]

打门谁送双圆璧，惊觉茅檐昼日眠。
便觉清风生两腋，梦魂飞到月轮边。

①王庭珪（1079-1171），江西安福人，字民瞻。政和八年（1118）进士，为国子监主簿，晚直敷文阁。有《卢溪集》及词。

李茂嘉寄茶

宋·孙觌[①]

蛮珍分到谪仙家，断壁残璋笼绛纱。
拟把金钗候汤眼，不将白玉拌脂麻[②]。

①孙觌（1081-1169），江苏常州人，字仲益，号鸿庆居士。大观三年（1109）进士，复举词学兼

茂科，历翰林学士，吏、户二部尚书，为官正直，历知秀州、温州、临安诸郡，忤执政，归隐太湖。有《鸿庆居士集》。　②白玉、脂麻，传说神仙所食之玉屑胡麻饭。

山长老寄茶

宋·孙觌

睡魔迎我入华胥[①]，梦境倏然一蝶如。
不用分灯遣将去，山翁茗盏为驱除。

①华胥《列子》：黄帝梦游于华胥氏之国，谓理想中之国度。

雪中煮茗

宋·周紫芝[①]

旋扫飞花煮玉尘，一杯聊饷作诗人。
未知折脚铛中雪，何似浮蛆瓮里春。

①周紫芝（1081–1155），安徽宣城人，字少隐，自号竹坡居士。绍兴中登进士，历官右司员外郎，知兴国军，为枢密编修，为政简静。工诗词，有《太仓稊米集》、《竹坡词》。

从叔巽叔觅茶

宋·吕本中[①]

疾病侵凌转不堪，时思一室奉清谈。
嗣宗已饷兵厨酒，当有新茶惠阿咸[②]。

①吕本中（1084–1145），安徽寿州人，字居仁，世称东莱先生。高祖夷简，曾祖公著，皆名相。祖希哲，父好问，皆名臣。绍兴六年（1136）赐进士，累迁中书舍人权直学士院，秦桧讽罢之。有《东莱集》。　②末联上句喻晋末阮嗣宗，名籍，闻步兵衙有厨子善酿，贮酒多，因求为步兵校尉。下句“阿咸”，喻阮籍之侄阮咸，皆竹林七贤之列。以此自比与对方之叔侄关系。

次韵子温惠双井茶

宋·张扩[①]

双井昆仍分不疏[②]，渴中曾起病相如。
策勋未有涪翁语[③]，浪说翻经到石渠[④]。

①张扩，德兴人，字彦实，一字子微，崇宁间（1102–1106）进士，授秘书省校书郎。南渡后，历中书舍人，擢左史掌外制。扩词采清丽，有《东窗集》。　②昆仍，指后世子孙。　③涪翁，东汉时医家，著有《针经》。　④石渠，西汉藏书阁名。

观茶

宋·张扩

镇西不入未为屈，坐上癯仙眼如漆。
平生陆羽强著语，不叙建溪谁第一。

均茶

宋·张扩

密云惊散阿香雷[1]，坐客分尝雪一杯。
可是陈平长割肉，全胜管仲自分财。

①阿香，传说中的雷神名。

罗茶

宋·张扩

新剪鹅溪样如月，中有琼糜落飞屑。
何年解后紫霞仙[1]，肘后亲传餐玉诀。

①解后，即邂逅。

碾茶

宋·张扩

何意苍龙解碎身，岂知幻相等微尘。
莫言椎钝如幽冀，碎璧相如竟负秦[1]。

①碎璧句：戏说蔺相如竟碎了赵璧，负了秦王，以形容烹茶前须敲碎茶饼。

烹茶

宋·李纲[1]

安眠饱食更何求，只欠云腴茗一瓯。
龙凤不须夸北苑，枪旗且与试中州。

①李纲（108–1140），福建邵武人，字伯纪。政和二年（1112）进士，靖康初，官兵部侍郎，金兵围汴京，以尚书左丞，任亲征行营使，力主迎战。金兵退被谪。高宗立，召为相，力图恢复，黄潜善等沮之。七十余日罢相。纲诗文雄采雅健，有《梁溪集》。

衢僧送新茶

宋·曾几

斋肠得饱又逐去，午梦欲成还唤回。
定是僧家不堪此，满奁青箬送春来。

以双井茶寄李仲孙

宋·刘才邵[1]

双井真成日铸兄[2]，一杯不觉醉魂醒。
知君笔法传山谷，啜罢应临戒石铭[3]。

①刘才邵，安徽庐陵人，字美中。宣和中（1119-1125）中宏词科。高宗时为中书舍人兼权直学士院。秦桧忌之，出知漳州，兴水利。官至吏部尚书。有《櫆溪居士集》。 ②双井茶产于江西分宁，后出于浙江日铸茶，却优于日铸，故云云。③戒石铭：宋太宗摘取前人“尔俸尔禄，民膏民脂。下民易虐，上天难欺”四句，颁发各州县衙门，刻石以戒饬官吏。称“戒石铭”。

圆泉

宋·阮阅[1]

清洌渊渊一窦圆，每来尝为试茶煎。
又新水鉴全然误，第作人间十八泉。

①阮阅，安徽舒城人，字闳休。元丰进士。高宗初知袁州，能息郡民健讼之风。有《郴江百咏》。

香泉

宋·阮阅

僧舍灵源静不流，只供斋钵与茶瓯。
直应老衲投薰陆[1]，石罅云根久未收。

①薰陆，香名，《本草》谓即乳香。

茶山寺[1]

宋·阮阅

莽草寒芦事不经，八峰深在乱云层。
只因一句鹅湖谶[2]，直至于今有此称。

①茶山寺：茶山在江西上饶，传陆羽植茶于此，有陆羽泉。 ②鹅湖，山名，在江西铅山，宋时朱熹与吕祖谦、陆九渊等曾讲学于此。“鹅湖谶”未详。

开利寺

宋·阮阅

修篁乔木水西涯，古屋颓垣达磨家[1]。
持钵但闻僧乞供，杜门不为客烹茶。

①达磨，又译作达摩，云是禅宗初祖。达磨原为梵语佛法之意，此句指寺。

题前寺中洲茶

宋·王洋[①]

中洲绝品旧闻名，瀹以寒泉雪乳轻。
怪得道人长不睡，一瓯唤醒梦魂清。

①王洋（1087–1154），江苏淮安人，字元渤。宣和中（1119–1123）进士甲科。官国子博士，历典三郡试，晚守鄱阳。洪皓使金归获罪，人无敢过其居，洋独候其舍，坐免官，寓信州，宅有荷花水木之胜，因自号王南池。有《东牟集》。

从赵彦德求茶

宋·李若水[①]

饭余日影转修廊，欹枕桐花堕小窗。
为觅春风洗残梦，要令诗思敌澄江。

①李若水（1093–1127），河北曲周人，字清卿。靖康初（1126）以上舍登第，为太学博士。金兵来犯，若水为使，见金帅粘罕于云中。及粘罕攻汴京，若水为吏部侍郎随钦宗北去，逼换便衣，若水抱帝哭，诋金人，遇害，谥忠愍。有《忠愍集》。

元声许茶绝句督之

宋·朱松[①]

凤山一震卷春回，想见香芽几焙开。
未办倩君持券买，故应须我着诗催。

①朱松（1097–1143），江西婺源人，字乔年，朱熹之父。政和中进士，除秘书省正字，司勋郎中。绍兴中以论秦桧和议，出知饶州。学者称韦斋先生。

谢人寄茶

宋·朱松

寄我新诗锦绣端，解包更得凤山团。
分无心赏陪颠陆[①]，只有家风似懒残[②]。

①颠陆：唐陆羽嗜茶，闭门著书，不肯入仕。
②懒残：唐僧明瓒，性疏懒，人称懒残。

谢崇上人惠新茶

宋·曹勋[①]

春入闽溪草木香，灵芽一夕一丝长。
上人自是春风手，分与闲人齿颊芳。

①曹勋（1098–1174），河南阳翟人，字公显，赐进士甲科。靖康中（1127）除武义大夫，随徽宗

北迁，徽宗密书衣领中，命勋间道至金陵，建议营救。执政者出勋于外。后授昭信军节度使。著有《松隐集》。

答人觅茶

宋·张 祁[1]

内家新赐密云龙[2]，只到调元六七公。
赖有家山供小草，犹堪诗老荐春风。

①张祁，历阳人，字晋彦。因兄张邵使金，获补官。祁为人负气尚义，工诗文，为时宰赵鼎、张浚所器重。累迁直秘阁，为淮南转运通判。谍知金人南侵之谋，屡闻于朝，自积粟阅兵为备。言者诬以张皇生事，罢官。明年，敌果大至。因隐居芜湖，喜吟咏，号总得翁。 ②密云龙：宋神宗时，建州北苑所产小龙团茶饼之尤精者，号密云龙。

和王知府惠双井茶

宋·吴 芾[1]

摘从双井尚馀香，远寄山翁见未尝。
咀嚼新芽味新句，陡惊冰雪沃枯肠。

①吴芾（1104–1183），浙江仙居人，字明可。绍兴进士，迁秘书省正字，秦桧讽言官论罢之。后复除监察御史，两淮与金战不利，劝高宗亲征，终不能用。孝宗立，累官礼部侍郎，以刚直见忌出外，以龙图阁学士致仕。自号湖山居士，有《湖山集》。

梅花下饮茶

宋·吴 芾

（一）

昨日花前酒太过，今朝怕见近流霞。
不应辜负花枝去，且嗅清香倍饮茶。

（二）

强拈茶碗对梅花，应是花神笑我多。
更取香醪拼一醉，不禁风味恼人何。

茶 香

宋·史 浩[1]

灵芽雨后发幽丛，剩馥先令鼻观通[2]。
战退睡魔三百万，枪旗果解立奇功。

①史浩（1106–1194），浙江鄞县人，字直翁，绍兴进士。宫国子博士，为王府教授。高宗诏亲征，太子请率师为前驱，浩力阻，为草奏请扈跸。孝宗立，拜相。 ②鼻观：鼻闻之功能。

诸友惜别夜坐德行堂饮茶

宋·李石[①]

一舟海角到天涯，春信江南梅欲花。
莫道别时无酒语，与君剪烛夜烹茶。

①李石，四川资州人，字知几。官成都通判。既登第，任太学博士。不肯附权贵，出主石室。闽越之士万里来从。有《方舟集》。

昙花亭供茶

宋·韩元吉[①]

问讯高真此住家，伊蒲未办且煎茶[②]。
故应一笑来迎我，五百瓶中总是花。

①韩元吉（1118–1187），河南雍丘人，字无咎，绍兴间历南剑州主簿、建安令，迁守建州。大兴学校，累官至吏部尚书，龙图阁学士，封颍昌郡公。归老上饶，自号南涧翁，有《南涧甲乙稿》、《焦尾集》。 ②伊蒲：指男性信佛者，译梵语作“伊蒲塞”，亦作“优婆塞”。

九日试雾中僧所赠茶

宋·陆游

少逢重九事豪华，南陌雕鞍拥钿车。
今日蜀州生白发，瓦炉独试雾中茶。

饭罢碾茶戏书

宋·陆游

江风吹雨暗衡门[①]，手碾新茶破睡昏。
小饼戏龙供玉食，今年也到浣花村。

①衡门：指简陋住屋，横木为门，称衡门。

试茶

宋·陆游

北窗高卧鼾如雷，认遣香茶挽梦回。
绿地毫瓯雪花乳，不妨也道入闽来。

戏述渊明、鸿渐遗事

宋·陆游

桑苎、柴桑一世豪[①]，区区玩物亦徒劳。
品茶未及毁茶妙[②]，饮酒何如止酒高[③]。

①桑苎柴桑：桑苎，即陆羽，号桑苎翁。柴桑指晋代陶潜，柴桑在江西九江，为陶之故里。 ②毁茶：唐时御史宣慰江南，曾召陆羽来为煮茶。羽野服挈茶具至，御史不为礼，羽愧之，著《毁茶论》。 ④止酒：晋陶潜有《止酒》诗云：“平生不止酒，止酒情无喜。”戒酒。

秋晚杂兴

宋·陆游

置酒何由办咄嗟，清言深愧淡生涯。
聊将横浦红丝硙，自作蒙山紫笋茶。

闲 游

宋·陆游

一见溪山病眼开，青蛙处处踏苍苔。
平生长物扫除尽，犹带笔床茶灶来。

暑 雨

宋·陆游

欲雨未雨云车奔，欲睡不睡人思昏。
蛮童正报煮茶熟，忽有野僧来叩门。

兰亭道上[1]

宋·陆游

（一）

兰亭步口水如天，茶市纷纷趁雨前。
乌笠游僧云际去，白衣醉叟道傍眠。

（二）

陌上行歌日正长，吴蚕促绩麦登场。
兰亭酒美逢人醉，花坞茶新满市香。

①兰亭，在浙江绍兴，因晋王羲之兰亭修禊而闻名。

余邦英惠小山新芽，作小诗三首以谢

宋·陆游

家园破社得鹰爪，舌本初参便到眉。
忽喜云腴来建苑，坐令渴肺生华滋。

正焙如观诗大雅，小山当以变风论。
脱令风格不类古，终有先王礼义春。

平时共语不成些，痴坐空雕藜苋肠。
派遣春风入牙颊，诗成忽带小山香。

昼卧闻碾茶

宋·陆游

小醉初消日未晡，幽窗催破紫云腴。
玉川七碗何须尔，铜碾声中睡已无。

谢香山禅师惠水岩新茗

宋·刘应时[1]

（一）

雨暗水岩春意浓，尚思采采隔珍丛。
睡魔正压眉楞重，珍重南屏信息通。

（二）

赵州古佛不同时[2]，赖有斯人慰所思。
搜搅枯肠无一物，梦回日影上花枝。

①刘应时，浙江宁波人，字良佐。喜为诗，与陆游、杨万里友善。有《颐庵居士集》。②赵州古佛唐僧从谂号，见前注，人亦称赵州和尚。

九盘坡布水

宋·范成大[1]

莫惜萦回上九盘，洗心双瀑雪花寒。
野翁酌水煎茶献，自古人来到此难。

①范成大（1126—1193），江苏苏州人，字致能，号石湖居士。绍兴二十四年（1154）进士。隆兴六年使金，几被杀，全节而归。官至四川制置使、参知政事。与陆游、杨万里齐名。有《石湖集》。

春日田园杂兴

宋·范成大

蝴蝶双双入菜花，日长无客到田家。
鸡飞过篱犬吠宾，知有行商来买茶。

入直召对选德殿赐茶而退

宋·周必大[1]

绿槐夹道集昏鸦，敕赐传宣坐赐茶。
归到玉堂清不寐，月钩初上紫薇花。

①周必大（1126—1204），江西吉安人，字子充，一字洪道，号平园老叟。绍兴二十一年（1151）进士。孝宗时，不避权倖，奏事皆切时弊，权给事中，曾觌、龙大渊得幸，必大格不行，遂请祠去。后除秘书少监，抵制张说入枢密院，再予祠。后拜右丞相，封济国公。庆元初以少傅致仕。著书八十一种，有《平园集》。

悦川碾茶

宋·周 李

独抱遗经舌本干，笑呼赤脚碾龙团。
但知两腋清风起，未识捧瓯春笋寒。

赐僧守璋

宋·赵 慎[1]

古寺春山青更妍，长松修竹翠含烟。
汲泉拟欲增茶兴，暂就僧房借榻眠。

①赵慎，南宋孝宗皇帝名，在位二十七年（1163-1189）。

酌惠山泉瀹茶

宋·杨万里

锡作诸峰玉一涓，曲生堪酿茗堪煎。
诗人浪语元无据，却道人间第二泉[1]。

①人间第二泉：唐陆羽评无锡惠山泉为“天下第二泉”。

梦作碾试馆中所遗建茶绝句

宋·杨万里

天上蓬山新水芽，群仙远寄野人家。
坐看宾带黄金銙[1]，吹作春风白雪花。

①黄金銙：唐、宋官服等级高者，以金装饰带扣，称金带銙。

晚 兴

宋·杨万里

双井茶芽醒骨甜，蓬莱香烬倦人添。
蜘蛛政苦空庭阔，风为将丝度别檐。

舟泊吴江

宋·杨万里

江湖便是老生涯，佳处何妨且泊家。
自汲淞江桥下水，垂虹亭上赋新茶[1]。

①垂虹亭：宋代（江苏）吴江县长桥上有垂虹亭，曾是苏轼、米芾等名家宴饮题咏的地方，成为名胜。

试双井茶

宋·徐得之[1]

先生老作宜州鬼[2]，谁与一瓯同注汤。
至今捧着双井碗，犹带是翁书传香。

①徐得之，临江人，字思叔。淳熙进士，历官有政声，部使者以廉吏荐。迁通直郎，致仕。安贫乐道，多著述。 ②此句指黄庭坚。宜州，唐时始置，在今广西宜山县。北宋黄庭坚贬死于此。黄曾有以双井茶赠苏轼、赠孔常父等诗。故以入咏。

题煮泉亭

宋·喻良能

甘香曾饮谷帘前，携茗仍来试煮泉。
更觉清风生两腋，始知鸿渐是茶仙。

游龙井

宋·喻良能

致身通显大槐梦，快意田鱼紫石潭。
何似相携古兰若，细看香篆味茶甘。

清明钻火烹茶

宋·李洪[①]

客舍垂杨依旧青，自钻新火应清明。
故山紫笋谁能摘，倒箧云龙手自烹。

①李洪，江苏扬州人，以父荫入仕，历知温州、藤州。有《芸庵类稿》。

送茶

宋·张孝祥[①]

头纲八饼密云龙，曾侍虚皇拆御封。
今日湘中见新夸，唤回清梦九烟重。

①张孝祥（1132–1170），安徽江人，字安国，号于湖居士。绍兴二十四年（1154）进士第一人。被秦桧陷害入狱。桧死，乃复起，官集英殿修撰、建康留守、荆南湖北路安抚使。有《于湖集》。

从吴伯承乞茶

宋·张孝祥

三月新茶犹未识，作诗去问野堂君。
春风有脚家家到，定为粗官不见分。

和伯承送茶韵

宋·张孝祥

佳句新茶亦太奇，尝新即日未全迟。
扫除雁鹜行边事，细辗春风细读诗。

问查元章觅龙团茶诗

宋·王 质[1]

戏龙顿断天门锁，来蛰公家片段箱。
恐有随髯收不尽，觅来惊起雁凫行。

①王质（1135–1189），江西兴国人，字景文。博通经史，善属文，游太学，与九江王阮齐名。绍兴进士。为太学正，孝宗时极谏，罢去。后复起为右正言，以奉祠终。

茶 岩

宋·罗 愿[1]

岩下才经昨夜雷，风炉瓦鼎一时来。
便将槐火煎岩溜，听作松风万壑回。

①罗愿，安徽歙县人，字端良，号存斋。有文名，朱熹称之。知鄂州，有治绩。

从萧君求茶

宋·赵 蕃

（一）

园官阙菜犹形讽，年例求茶可欠诗。
为报萧郎勿多怪，已令汲涧拾松枝。

（二）

旧传汉殿三眠柳[1]，烧烛仍闻照海棠[2]。
草木闲春人可奈，政烦茗碗为禁当。

①三眠柳句《三辅旧事》云："汉苑中有柳状如人形，号人柳。一日三眠三起。"或谓即柽柳，亦称之眠柳。 ②此句举苏轼《海棠》诗句："只恐夜深花睡去，高烧银烛照红妆。"以上两句皆指茶有破睡之功用。

从萧秀才求茶

宋·赵 蕃

（一）

丁蔡纷纷竞宠加[1]，底如好事玉溪家。
至今有子能传业，不待茶精句亦佳。

（二）

磊落真同席上珍，忆蒙况我意殊真。
今年尚许分张否，试遣诗筒告及春。

①丁蔡：指创建建州北苑贡茶之丁谓、蔡襄。

简莫令求茶

宋·赵蕃

万安近说神潭茶[1]，颇似文当屈宋衙[2]。
山中索居睡不足，碾寄盍令舒眼花。

①万安，江西县名，诗称其产神潭茶。 ②屈宋：以屈原、宋玉喻对方为能文之县令。

谢莫升之惠茶

宋·赵蕃

双罂稍辍焙中茶，好卧黄绸稳听衙。
御雨况闻当用瓦，固知不怕落檐花。

鲁秀才送茶

宋·赵蕃

正尔耽诗不耐闲，镜中频觉瘦栾栾。
鲁郎惠我尽清供，碗把春风香并兰。

送新茶与俞尉

宋·赵蕃

山居每啜社前香，及是清明茶政尝。
叹我白头无母遗，一杯持与供高堂。

寄白云觅茶

宋·赵蕃

忆别白云笋渐长，而今想见出梢墙。
道人寄我不忘我，盍寄茶瓯洗睡肓。

以茶寄杨溥之

宋·赵蕃

（一）

要题尺素问何如，病过春风体益癯。
采得山茶漫持寄，草玄余暇想时须。

（二）

忆过君家置酒杯，病予方止只空陪。
而今梦想论文地，柳合沙堤鸥去来。

题黄溪壁

宋·赵蕃

此邦茶品固多有，闻说黄溪独未尝。
何日敲门辱持赠，更须高诵碧云章。

煎白云茶

宋·张镃

（一）

水西幽寺风光足，山上行云雪色明。
不放精英入闲草，夜铛嘉话得松声。

（二）

嫩芽初见绿蒙茸，已破人间睡思浓。
玉食会当陪上苑，贵名高冠密云龙。

新样团茶

金·李俊民[①]

春风倾倒在灵芽，才到江南百草花。
款试人间不团月，异香先入玉川家。

①李俊民(1176–1260)，山西晋城人，字用章。得程氏之学。在金国承安间（1196–1200）中进士第一人。应奉翰林文字。旋弃官，教授于乡里。从学者甚盛。金亡，隐于西山。元世祖以安车召之，乞还山。谥庄靖先生。有《庄靖集》。

西山

宋·刘克庄[①]

绝顶遥知有隐君，餐芝种术鹿为群。
多应午灶茶烟起，山下看来是白云。

①刘克庄（1187–1269），福建莆田人，字潜夫，号后村居士。嘉定中以荫为建阳令。淳祐六年（1246）特赐同进士出身。除秘书少监，兼中书舍人。揭史嵩之罪状，累官龙图阁学士。有《后村居士集》。

和杜宰送茶韵

宋·徐鹿卿[①]

（一）

谁遣持书昼打门，茶魁有句牧之孙[②]。
煎调还我西江手，水茗相投自不浑。

（二）

月团不遣贡修门，却寄书痴闭户孙。
若把蕉坑分品第，濬功端合逊王浑[③]。

①徐鹿卿（1189–1250），江西丰城人，字德夫，

号泉谷。嘉定进士。官南安军教授，申明义理之学。入为枢密院编修官。时方大琮、刘克庄、王迈等，俱因言事被贬，鹿卿赠以诗，因亦被劾。太学生作《四贤》诗以美之。累官至宝章阁待制，致仕。鹿卿清廉多惠政。有《泉谷集》。②牧之孙，和诗的对方姓杜，故以杜牧的后裔誉之。 ③晋举兵伐吴，王浑都督扬州诸军事，孙皓请降，怯不敢进。而王濬水师却先入石头城受降。浑军次日始至，却欲攘功，为世所讥。与第一句相应，比喻对方好茶不送大人物，却送给位卑的自己。

赏 茶

宋·戴昺[1]

自汲香泉带落花，漫烧石鼎试新茶。
绿阴天气闲庭院，卧听黄蜂报晚衙。

①戴昺，浙江天台人，字景明，号东野，嘉定进士。授赣州法曹参军。少工吟咏，其从祖戴复古称之。有《东野农歌集》。

分水道中

宋·陈埙[1]

午困思茶无处煎，溪桥侧畔认炊烟。
松窗竹牖人家静，旋借沙瓶汲涧泉。

①陈埙，浙江宁波人，字平仲。史弥远之甥，曾师事杨简，苦学安贫。嘉定进士。黄州教授。累官太常博士，论政切直。出判嘉兴府，召为枢密编修官，国子司业，以言事罢官。学者称习庵先生。

钓台第十九泉

宋·陈埙

十年不泛钓台船，梦想高风日有边。
今日偶来无住著，再尝滩下煮茶泉。

刘逊子架阁饷江茶

宋·方岳[1]

琵琶亭下春寒夜，湿尽青衫竟为谁。
江草江花恨何极，雪瓯如此却无诗。

①方岳（1199-1262），安徽祁门人，字巨山，号秋崖。绍定（1228-1233）进士。淳祐中为参议官，知南康军。忤贾似道，后知袁州，又忤丁大全罢归。方岳才锋凌厉，尤工骈体，有《秋崖集》。

光孝寺作茶供

宋·方岳

一藤碎踏雨山云[①]，看尽朝岚与夕曛。
留得如来舍身柑，共敲苍雪了炉熏。

①藤：指藤拄杖。

次韵君用寄茶

宋·方岳

茅舍生苔费梦思，竹炉烹雪复何时。
北山怕有移文在，谨勿便令猿鹤知。

次韵清修老墨梅新茗

宋·方岳

此诗合让简斋老[①]，尽洗世间声色尘。
我更凿空难着语，蹇驴粗记雪桥春。

①简斋：指北宋时陈与义，字去非，号简斋，曾赋《墨梅》诗受知于徽宗，故云。

茶岩

宋·方岳

瓯底云香不等雷，便携石鼎与俱来。
鹁鸠唤得西溪雨，顿得春从齿颊回。

约鲁山兄

宋·方岳

莫说寻芳已后时，春蔬解甲茗搴旗。
松风石铫晴云碗，不是吾曹未必奇。

寒夜

宋·程元凤[①]

寒夜客来茶当酒，竹炉汤沸火初红。
寻常一样窗前月，才有梅花便不同。

①程元凤（1200—1269），安徽歙县人，字申甫，绍定进士。宝祐中（1253—1258）官至右丞相，兼枢密使。丁大全谋夺相位，元凤力辞去。起判平江府。度宗立，进少保观文殿大学士，致仕。在朝论列甚多，为时名臣。有《有讷斋文集》。

茗地源

宋·陈崖

暖风吹长紫芽茎，人向山头就水烹。
陆羽倘曾经此地，谷帘安得擅佳名。

煎茶峰

宋·陈崖

（一）

春山细摘紫英芽，碧玉瓯中散乳花。
六尽禅床支瘦骨，心安不恼睡中蛇。

（二）

缓火烘来活水煎，山头卓锡取清泉[1]。
品茶懒检茶经看，舌本无非有味禅。

①卓锡：卓，植立。锡，僧人所拄锡杖。卓锡，指僧居处。

金地茶

宋·陈崖

瘦茎尖叶带余馨，细嚼能令困自醒。
一段山间奇绝事，会须添入品茶经。

赋新茶

宋·李曾伯[1]

建岭人夸第一纲，湘中热后已先尝。
虽然声价殊官焙，反觉山家气味长。

①李曾伯（1198-？）怀州人，字长孺，理宗时官至沿海制置使。咸淳初（1266）被劾罢职，德祐初（1275）复原官。先曾与贾似道俱为阃帅，边境之事，知无不言，似道嫉之。有《可斋杂编》。

次韵如岳惠茶

宋·陈著[1]

槐窗梦断凤团香，松涧分来雀嘴尝。
勾引清风发吟兴，与师意思一般长。

①陈著（1214-1297），浙江宁波人，字子微，号本堂。宝祐进士。贾似道当国，讽著归其门下，拒不肯。授安福令，改嵊县，威令肃然。迁倅扬州，县民塞路送至城固岭上，因改名陈公岭。继以监察御史知台州。宋亡，隐居四明山中。有《本堂集》。

次云岫惠茶

宋·陈 著

满啜禅林五味茶，清风吹散事如麻。
客中邂逅真奇绝，不比寻常贼破家。

桂花

宋·吴锡畴[1]

许多香却不多花，浩气浮空月满家。
明日石坛金屑富，旋收剩馥入龙茶。

①吴锡畴，安徽休宁人，字元伦。研精理学，所居艺兰以自况。有《兰皋集》。

送茶宋大监（二首）

宋·毛 滂

凤凰山畔雨前春，玉骨云腴绝可人。
寄与青云欲仙客，一瓯相映两无尘。

玉兔瓯中霜月色，照公问路广寒宫。
绝胜自酌寒窗下，睡减悲添愁事丛。

谢人送凤团及建茶

宋·韩 驹

（一）

白发前朝旧史官，风炉煮茗暮江寒。
苍龙不复从天下，拭泪看君小凤团。

（二）

山瓶惯识露芽香，细箬匀排讶许方。
犹喜晚途官样在，密罗深碾看飞霜。

从郑少嘉求贡纲余茶

宋·张 栻

（一）

贡包余璧小盘龙，独占人间第一功。
乞与清风行万里，为君一洗瘴云空。

（二）

茗事萧疏五岭中，修仁但可愈头风。
春前龙焙令人忆，知与故人僧味同。

茶灶

宋·陈梦庚

尽夸六碗便通灵，得似仙山石乳清。
此水此茶须此灶，无人肯说与端明。

咏贡茶

元·林锡翁

百草逢春未敢花，御茶蓓蕾拾琼芽。
武夷真是神仙境，已产灵芝又产茶。

谢吴中寄惠佳茗

明·王绂[①]

纸裹重重想自封，枪旗叶叶带春风。
谁言两地人千里，清味尝来总一同。

①王绂（1362–1416）江苏无锡人，字孟端。官中书舍人。未仕时隐居九龙山，自号九龙山人。善画，山水师王蒙，竹石师倪瓒，画竹尤有名，人称明代第一。

别后述事

明·邵宝[①]

他年曾泛日边槎，回首青山几梦家。
林窄尚容千挺竹，圃荒犹剩一株茶。

①邵宝，江苏无锡人，字国贤。成化二十年（1484）进士，官至南京礼部尚书。

送茶僧

明·陆容[①]

江南风致说僧家，石上清香竹里茶。
法藏名僧知更好，香烟茶晕满袈裟。

①陆容（1436–1494），江苏太仓人，字文量，号式斋，成化进士。官兵部职方司郎中，累迁为浙江右参政，所至著绩。因忤权贵罢归。容与张泰、陆釴齐名，人称“娄东三凤”。有《式斋集》。

游慧山

明·文徵明

（一）

几度扁舟过慧山，空瞻紫翠负跻攀。
今来坐探龙头水，身在前番紫翠间。

（二）

慧山清梦特相牵，裹茗来尝第二泉。
惭愧客途难尽味，瓦瓶汲取趁航船。

晓过御茶房

明·陆　深[1]

扎下行厨按四方，嫩黄帏幕下金床。
太阳出海高三丈，照见流苏五色光。

①陆深（1477–1544），上海人，初名荣，字子渊，号俨山。少有文名，善书。弘治十八年（1505）进士。世德南巡，深掌行在翰林院印。嘉靖时，官至詹事。赏鉴博雅，为词臣之冠，著述丰富。有《俨山集》。

煎　茶　图

明·徐祯卿[1]

惠山秋净水泠泠，煎具随身挈小瓶。
欲点云腴还按法，古藤花底阅《茶经》。

①徐祯卿（1479–1511），江苏吴县人。字昌国，一字昌谷。弘治十八年（1505）进士。官国子博士，与祝允明、唐寅、文徵明称吴中四才子，其诗又与李梦阳等合称前七子。

秋夜试茶

明·徐祯卿

静院凉生冷烛花，风吹翠竹月光华。
闷来无伴倾云液，铜叶闲尝紫笋茶。

雪　茶

明·徐祯卿

静院凉生冷烛花，风吹翠竹月光华。
闷来无伴倾云液，铜叶闲尝紫笋茶。

雪　茶

明·杨　爵[1]

雾后飞来满太空，巧将轻片舞条风[2]。
六花烹作六安水[3]，瑞气都留玉盏中。

①杨爵（1493–1549），陕西富平人，字伯珍，以学行闻名。嘉靖进士，授行人，擢御史。以母老乞归，服阕起故官。岁大旱，帝日夕建醮祈禳，爵上表极谏，下诏狱五年，抵家复被逮系狱三年。有《杨忠介集》。　②条风：古称立春后之东北风为条风，谓条达万物之风。　③此句谓以雪水烹六安茶。安徽霍山县大蜀山属旧六安郡，产名茶。

寄赠元美

明·李攀龙①

美人持赠虎丘茶，起汲吴江煮露华。
龙井近来还此种，也堪清赏属诗家。

①李攀龙（1514–1570），山东历城人。字于鳞，号沧溟。嘉靖二十三年（1544）进士，官至河南按察使。诗以声调胜，与谢榛、王世贞等称五子，又与吴国伦、徐中行等称后七子。有《古今诗删》、《李沧溟集》。

陶学士烹茶图

明·徐渭

醒吟醉草不曾闲，人人唤我作张颠。
安能买景如图画，碧树红花煮月团。

想山中新茶

明·郭谏臣①

酒渴时思茗一杯，玉川风味许相陪。
金芽欲吐无消息，惊破江南昨夜雷。

①郭谏臣，江苏苏州人，字子忠。嘉靖进士。授袁州司理。严世蕃贪黩，谏臣持正无畏。历吏部主事，屡疏谏诤。官终江西参政。诗婉约闲雅，有《郭鲲溟集》。

陆羽泉

明·王世贞①

康王谷瀑中泠水，何似山僧屋后泉？
客至试探禅悦味，玉团初辗浪花圆。

①王世贞（1526–1590），江苏太仓人，字元美，自号凤洲，又号弇州山人。嘉靖进士。官刑部主事。杨继盛被陷诏狱，世贞为杨妻草疏，杨死，复为棺殓。严嵩恨之，构世贞父王忬蓟辽兵败罪，论斩。隆庆初，世贞伏阙讼冤，为父平反。累官至刑部尚书。诗文与李攀龙并名，复独主诗坛二十年。有《弇山堂别集》等多种著作传世。

看采茶人别

明·汤显祖①

粉楼西望泪行斜，畏见江船动落霞。
四月湘中作茶饮，庭前相忆石楠花。

①汤显祖（1550–1616），江西临川人，字义仍，号若士。万历间进士，官礼部主事，疏论当局，谪广东徐闻典史，迁知遂昌。投劾归。显祖研精词曲，著作戏曲多种，所作《紫钗》、《还魂》、《南柯》、《邯郸》四记，世称“临川四梦”。有《玉茗堂集》。

竹屿烹茶

明 · 汤显祖

君子山前放午衙，湿烟青竹弄云霞。
烧将玉井峰前水，来试桃溪雨后茶。

右武送西山茗饮

明 · 汤显祖

春山云雾剪新芽，活水旋炊绀碧花。
不似刘郎因病酒，菊齑才换六班茶。

山中自叙

明 · 陈继儒

拓得平原争坐帖[1]，放开兜率照颜花[2]。
此时谷雨新晴后，樱笋初甘又试茶。

①平原争坐帖唐颜真卿官平原太守，有《争坐位帖》法书传世。 ②兜率，梵语，意谓妙足。兜率照颜花未详。

酣中阁

明 · 陶望龄

汲泉敲火烧松叶，日注新煎碗十分。
细酌慢吟仍饱啜，茶酣未必不如君。

煮茶图

明 · 胡奎[1]

落花风飏煮茶烟，水榭高闲即是仙。
想见杭州苏太守，赋成龙井试春泉。

①胡奎，浙江海宁人，字虚白，博贯经史，尤长于诗。以儒学征用，曾为宁王府教授，人称斗南先生。有《斗南老人集》。

为养泉上人题

明 · 朱朴

洗钵修斋煮茗芽，道心涵泳静尘砂。
闲来礼佛无余供，汲取瓷瓶浸野花。

七言绝句

明·陈确[1]

新茗春山正雨前，古人曾此试龙渊。
一杯啜尽诗千首，写付邮筒索和篇。

①陈确（1604–1677），浙江海宁人，字乾初。明末受业于刘宗周，尝病宋人论性之失。倡变通古礼。明亡后，病废家居。

青田舟中

明·吴廷翰

年年为客苦思家，家傍庐山好种茶。
黄家圩边一溪水，紫云庄上满田花。

喊山台

明·陈君从

武夷溪曲喊山茶，尽是黄金粟粒芽。
堪笑开元天子俗，却将羯鼓去催花。

茶洞

明·谢肇淛

小屋编茅草结亭，藤床瓦鼎黑磁瓶。
山中一夜清明雨，收却先春一片青。

闽茶曲二首

清·周亮工[1]

御茶园里筑高台，惊蛰鸣金礼数该。
那识好风生两腋，都从着力喊山来。

一曲休教松栝长，悬崖侧岭展旗枪。
茗柯妙理今为祟，十二真人坐大荒。

①周亮工（1612–1672），河南开封人，字元亮，号栎园。明崇祯进士。官福建布政使、户部右侍郎。工古文辞，著有《赖古堂诗抄》等。

咏友人杖

清·方文[1]

庐岳茶芽岁岁生，茶条百岁始能成。
砍来作杖坚于竹，绝壑层峦任意行。

①方文（1612–1669），安徽桐城人，字尔止，号明农。顺治时隐居金陵，工诗，有《嵞山集》。

试茶

清·方文

幽丛嫩芷产岩阿，亦有旗枪形若何。
应愤昔人奴事酪，结成兵象不为过。

虎丘偶题

清·施闰章

虎丘茶试箨衣饼，雀舫人争馄饨菱。
欲待秋风问鲈鲙，五湖烟月弄渔罾。

绝句

清·王夫之[1]

无酒为欢且自赊，重重画地作交叉。
垆头瓮口向天笑，可许时侬去煮茶。

①王夫之（1619–1692），湖南衡阳人，字而农，号姜斋。明崇祯举人。应南明桂王之招，授行人。明亡，隐于衡山石船山。居土室，杜门不仕。通天文、历数、经、史、舆地之学。主重实践。著作甚多，诗文自成一家，学者称船山先生，有《船山遗书》。

祝茶

清·范承谟[1]

顶礼潮音掉海槎，携来一掬净瓶芽。
洒添半滴枝头露，泼灭炎天万顷霞。

①范承谟（1635–1676），辽宁沈阳人，字觐公，号螺山，范文程之次子。顺治进士。康熙间巡抚浙江，惩治两浙之强豪墨吏，闻者悚息。赈杭嘉湖水灾，存活甚众。擢福建总督。耿精忠反，被囚，迫自尽。遗书多种，有《百苦吟》等。

煮茗

清·范承谟

旗枪浥露拂烟斜，汲井频将活火加。
遥望福堂心供养，赵州一盏绿云茶。

题王清远桐阴试茶图

清·彭孙遹[1]

幽人偶此坐林樾，沧沧竹树清且寒。
一匙绿雪洒兰吹，邈然高咏青琅玕。

①彭孙遹（1631–1700），浙江海盐人，字骏孙，号羡门。顺活进士，康熙中举鸿博第一，授编修，历官吏部右侍郎。文才敏赡，尤工诗，与王士禛齐名。时号彭王。有诗集多种。

杂咏

清·彭孙遹

午窗眠醒鬓云斜，活水徐烹金缕芽。
蟹眼松风声欲尽，绿瓷杯里斗新茶。

新茶

清·张 英①

云崖雾岫往携筐，怪底山僧十日忙。
绿树阴阴人迹少，枳篱茅屋焙茶香。

①张英（1637–1708），安徽桐城人，字敦复，号乐圃。康熙进士。以编修充日讲起居注官。直内书房。凡民生疾苦知无不言。官至文华殿大学士兼礼部尚书。有《笃素堂文集》。

琥彝茶

清·高士奇①

九曲溪山绕翠烟，斗茶天气倍暄妍。
擎来各样银瓶小，香夺玫瑰晓露鲜。

①高士奇（1645–1704），浙江杭州人，安澹人，号江村。曾试京闱不利，卖文自给。因新岁为人作春联，偶为康熙帝所见，旬中三试皆第一，命供奉内廷。官至礼部侍郎。多著作，有《清吟堂全集》。

咏宜兴茶壶

清·高士奇

规制古朴复细腻，轻便堪入筠笼携。
山家雅供称第一，清泉好瀹三春荑。

茗碗

清·曹 寅①

卯君茶癖与吾同，对客长愁放碗空。
近日衙斋须药裹，一杯清澹只宽中。

①曹寅（1658–1712），祖籍河北丰润县，世居沈阳，满州正白旗人（一作汉军镶蓝旗），字子清，号荔轩，又号楝亭。曹霑（雪芹）之祖父。官通政使，久任江宁织造，巡视两淮盐政。能诗词，又精于校刊古籍。有《楝亭诗钞、词钞》等。

佛手柑

清·曹 寅

合掌自来称毒手，人间钝汉竖拳头。
西堂偏识枸橼性，截片烹茶也自幽。

忆茶

清·金农[1]

草铺绿罽地无尘，朝日熹微榆火新。
两串春团三道印，不知茶宴赴何人。

①金农（1687-1764），浙江杭州人，字寿门，号冬心，又号司农，别号稽留山民。集金石文千卷，足迹半天下。诗简古有奇气，书分隶独绝一时。工画梅，间写佛像则署“昔耶居士”或“心出家盦粥饭僧”。乾隆初以布衣举鸿博，不赴。有《冬心集》。

竹枝词

清·郑板桥[1]

溢江江口是奴家，郎若闲时来吃茶。
黄土筑墙茅盖屋，门前一树紫荆花。

①郑板桥（1693-1765），江苏兴化人，名燮，字克柔，板桥其号也。乾隆元年（1736）进士，官范县、潍县知县。岁饥请赈，忤上官，挂冠归不再出仕。久居扬州卖画鬻字。与金农、黄慎、李鲜、罗聘等称扬州八怪。善诗，绘兰竹，书法行楷兼隶，自成一体，自号“六分半书”。有《板桥全集》。

小廊

清·郑板桥

小廊茶熟已无烟，折取寒花瘦可怜。
寂寂柴门秋水阔，乱鸦揉碎夕阳天。

紫砂壶

清·郑板桥

嘴尖肚大耳偏高，才免饥寒便自豪。
量小不堪容大物，两三寸水起波涛。

题画

清·郑板桥

（一）

不风不雨正晴和，翠竹亭亭好节柯。
最爱晚凉佳客至，一壶新茗泡松萝。

（二）

几枝新叶萧萧竹，数笔横皴淡淡山。
正好清明连谷雨，一杯香茗坐其间。

竹炉精舍烹茶作

清·乾隆

到处竹炉仿惠山，武文火候酌斟间。
九龙蕞遇应予笑，不是闲人强学闲。

味甘书屋口号

清·乾隆

西峪同来此入路，萧然书屋近精蓝[①]。
底须及井试佳茗，即景应知苦作甘。

①精蓝：佛寺，亦作精兰。

过泗水

清·乾隆

舆梁饮练流清泗[①]。知是灵源负尾来。
阿那松阴石上好，旋当文火试茶杯。

①舆梁，可通车轿的大桥梁。

乔仲常煮茶图

清·乾隆

儒服黄冠缁者流，蕉阴石侧共清游。
何须蹊径分同异，滤涤惟消茗一瓯。

烹茶

清·乾隆

南方新到雨前茶，画舫竹炉本一家。
恰似梁溪烟艇泛[①]，擎瓯得句定无差。

①梁溪，在江苏无锡，为流入太湖之水。

茶花

清·乾隆

枪旗春月已舒叶，冰雪秋时乃吐花。
羞煞东风莫相问，人间只解品芽茶。

山茶

清·乾隆

叶似木樨且有棱，云宜作坎得茶称。
不维陆羽应含笑，为问谁经烹试曾？

茶亭

清·袁枚[①]

茶亭几度息劳薪[②]，惭愧尘寰着此身。
输与路旁三丈树，荫他多少借凉人。

①袁枚（1716—1798），浙江杭州人，字子才，号简斋。乾隆四年（1739）进士，改庶吉士，知溧水、江浦、沭阳、江宁等县，皆著政声。父丧归，辞官不出，筑随园于江宁小仓山，吟咏著作为乐。诗主性灵之说，为文跌宕纵横，世称随园先生。生性通侻，早岁颇放情声色，尤好宾客，享盛名五十年。有《小仓山房集》、《随园诗话》等。 ②劳薪，谓车轴或车脚。

新茶

清·高鹗

蒙顶惊雷春已分，炉边风雨绕烟云。
莫愁酒阵千重困，七碗新添生力军。

奶茶

清·夏之潢

乳食全凭内地茶，三餐八口恃生涯。
黄油如腊皮如卵，待客珍羞味特加。

绝句

清·杨葆光[①]

新茶初试雨前藏，亲检时壶细较量。
莫与才人嗤水厄，半瓯分取口脂香。

①杨葆光，上海华亭人，字古醖，号苏盦。官高昌知县。有《苏盦诗词文集》。

白窝泥

清·黄炳垕[①]

头春茶细二春粗，郎若吃茶宜早图。
妾拣茶尖新手摘，看郎心细似茶无？

①黄炳垕，浙江馀姚人，号蔚亭，同治举人，精历算之学，为左宗棠造沿海经纬舆图。于当道争聘，皆辞不就，惟就宁波辨志精舍之聘，遂开浙东算学。有《诵芬诗略》、《五纬捷算》。

啜 茶

清 · 樊增祥[1]

甘露称兄笑米颠[2]，无人来共竹炉闲。
茶神夜泣清明雨，半乳咖啡满世间。

②樊增祥（1846–1931），湖北恩施人，字樊山。光绪进士。官至江宁布政使，护理两江总督。工诗词，著有《樊山全集》。 ②米颠：宋米芾行为往往违世脱俗，人称之“米颠”。

试 茶

清 · 樊增祥

秋冷风炉渐可偎，候汤评水助诗材。
工夫可但茶中久，更玩成窑小泡杯[1]。

①成窑小泡杯：指明成化间景德镇官窑烧制之小茶盏。

咏 茶

清 · 王金溥

亭亭一鹤避烟痕，客乍来时笑语温。
七碗烹成香可嚼，地炉活火静诗魂。

青桐馆茗谭

清 · 和嵩龄

新茶嫩过春于绿，小叙能教客沁心。
君自谭诗吾读画，参来笙磬总同音。

草山茗坐

清 · 陈瀫一

稻田声噪隐群蛙，从碧深山映映霞。
看遍野花多艳色，难寻美酒饮清茶。

七言律诗

东亭茶宴

唐·鲍君徽[1]

闲朝向晓出帘栊，茗宴东亭四望通。
远眺城池山色里，俯聆弦管水声中。
幽篁映沼新抽翠，芳槿低檐欲吐红[2]。
坐久此中无限兴，更怜团扇起清风。

①鲍君徽，女，字文姬，德宗时人。与宋氏五女学士齐名。　②芳槿，即木槿，落吐灌木，夏秋开红紫或白花，朝开暮合。可入药，见《本草》。

琴茶

唐·白居易

兀兀寄形群动内[1]，陶陶任性一生间。
自抛官后春多醉，不读书来老更闲。
琴里知闻唯渌水，茶中故旧是蒙山。
穷通行止长相伴，谁道吾今无往还。

①群动：种种社会活动。白居易句："意气销磨群动里，形骸变化百年中。"

谢刘相寄天柱茶

唐·薛能

两串春转团夜光，名题天柱印维扬。
偷嫌曼倩桃无味[1]，捣觉嫦娥药不香。
惜恐被分缘利市，尽应难觅为供堂。
粗官寄与真抛却，赖有诗情合得尝。

①曼倩桃：汉东方朔，字曼倩，以奇计俳词为武帝金马门待诏官。后世传其诡异神话之事甚多，有言其盗食西王母蟠桃者。故云。

尚书惠蜡面茶

唐·徐夤[1]

武夷春暖月初圆，采摘新芽献地仙。
飞鹊印成香蜡片，啼猿溪走木兰船。
金槽和碾沉香末，冰碗轻涵翠缕烟。
分赠恩深知最异，晚铛宜煮北山泉[2]。

①徐夤，福建莆田人，字昭梦。乾宁初（894-

896）进士。授秘书省正字。入梁，再试进士第一，忤朱温归。入闽依王审知，叹曰：“丈尺之水，安能容万斛之舟。”归隐于延寿溪。有《钓矶文集》。②末二句似是谢王审知赐茶，又微露归隐之意。

贡馀秘色茶盏[①]

唐·徐夤

捩翠融青瑞色新，陶成先得贡吾君。
功剜明月染春水，轻旋薄冰盛绿云。
古镜破苔当席上，嫩荷涵露别江濆。
中山竹叶醅初发，多病那堪中十分。

①秘色茶盏：唐、五代时已有制作淡青色釉彩的瓷器，属越窑产品，宋初，列为贡品，臣庶不得僭用。徐夤此诗可证当时已称“秘色”。

大云寺茶诗

唐·吕岩[①]

玉蕊一枪称绝品，僧家造法极功夫。
兔毛瓯浅香云白，虾眼汤翻细浪俱。
断送睡魔离几席，增添清气入肌肤。
幽丛自落溪岩外，不肯移根入上都。

①吕岩，传说为长安人，一名喦，号洞宾，咸通中及第，修道入终南山，不知所终。元明以来列为八仙之一，道家奉为纯阳祖师。

峡中尝茶

唐·郑谷

簇簇新英摘露光，小江园里火煎尝。
吴僧漫说鸦山好，蜀叟休夸鸟觜香。
合座半瓯轻泛绿，开缄数片浅含黄。
鹿门病客不归去[①]，酒渴更知春味长。

①鹿门：山名，在湖北襄阳，唐诗人孟浩然早时曾隐居于此。四十岁后游京师从宦不归。

从弟舍人惠茶

唐·刘兼

曾求芳茗贡芜词，果沐颁沾味甚奇。
龟背起纹轻炙处，云头翻液乍烹时。
老丞倦闷偏宜矣，旧客过从别有之。
珍重宗亲相寄惠，水亭山阁自携持。

和陈洗马山庄新泉

宋·徐铉[1]

已开山馆待抽簪，更要岩泉欲洗心。
常被松声迷细韵，忽流花片落高岑。
便疏浅濑穿莎径，始有清光映竹林。
何日煎茶酝香酒，沙边同听暝猿吟。

①徐铉（917-992），江苏扬州人，字鼎臣。先仕吴，后为南唐吏部尚书。入宋为太子率更令，精小学，重校《说文解字》，与弟锴皆著文名，世称“二徐”。有《徐文公集》。

游虎丘

宋·崔端

入寺山光峭倚天，剑池寒色锁危巅。
苍苔自老生公石[1]，新茗谁烹陆羽泉。
楼阁下窥溟海浪，松篁遥接洞庭烟。
二难选胜真奇绝，留得芳名万古传。

①生公石：南朝梁名僧竺道生，曾于虎丘寺说法。世传：“生公说法，顽石点头。”

尝茶次寄越僧灵皎

宋·林逋

白云峰下两枪新，腻绿长鲜谷雨春。
静试恰如湖上雪，对尝兼忆剡中人[1]。
瓶悬金粉师应有，筝点琼花我自珍。
清话几时搔首后，愿和松色劝三巡。

①剡中人，今浙江嵊县。汉唐时称剡县。李白《舟下荆门》诗：“霜落荆门江树空，布帆无恙挂秋风。此行不为鲈鱼脍，自爱名山入剡中。”指对方居此地。

贺孙抗员外春昼端居

宋·余靖[1]

万事皆从适意休，何须快马骋长楸[2]。
高人鼓吹鸣哇地，当世神仙笑蹰楼。
燕到卷帘如旧分，花开逢雨最闲愁。
僧来便学尝茶诀，白乳枪旗事露收。

①余靖（1000-1064），广东韶关，字安道。少有文名，天圣初登第，以荐擢右正言，以谏范仲淹谪官事，与欧阳修、尹洙同被贬。时称靖及欧阳修、王素、蔡襄为“四谏”。三使契丹，习彼国语。侬智高叛，经制南事，为帅十年，不取海南一物。官至工部尚书。有《武溪集》。 ②楸，梓木。曹植《名都篇》有“走马长楸间”句。唐开元中起居郎蔡孚献《打球篇》有“共道用兵如

断蔗，俱能走马入长楸”句。则长楸似指设防之营垒。

谢长安孙舍人寄惠蜀笺并茶

宋·魏 野

（一）

彩笺一轴敌琼瑰，喜见亲题手自开。
远胜浣花人寄到[1]，贵从视草客分来[2]。
百张重叠霞初卷，十色参差锦乍裁。
红药篇章方雅称，老天无用拟封回。

（二）

谁将新茗寄柴扉，京兆孙家小紫微[3]。
鼎是舒州烹始称[4]，瓯除越国贮皆非。
卢仝诗里功堪比，陆羽经中法可依。
不敢频尝无别意，却嫌睡少梦君稀。

①浣花，指浣花溪水所制之蜀笺，盖以唐之薛涛笺为喻。　②视草：唐宋时，朝中词臣奉旨修正诏谕文字，称为视草。指对方官居中书舍人。③紫微：唐宋称中书舍人之职为紫微郎。④舒州，古地名，今安徽安庆市。

谢人惠茶

宋·梅尧臣

山色已惊溪上雷，火前那及两旗开。
采芽几日始能就，碾月一罂初寄来。
以酪为奴名价重[1]，将云比脚味甘回[2]。
更劳谁致中泠水，况复颜生不解杯。

①以酪为奴：北魏时，王肃答孝文帝问，曰：“唯茗不中与酪为奴。”原为献媚之语。后世或称茗饮为酪奴。此处反其意云应“以酪为奴”，以重身价。　②云脚，指茶色的浓淡。蔡襄《茶录》有“茶少汤多，则云脚散”之语。

尝茶和公仪

宋·梅尧臣

都蓝携具向都堂，碾破云团北焙香。
汤嫩水轻花不散，口甘神爽味偏长。
莫夸李白仙人掌，且作卢仝走笔章。
亦欲清风生两腋，从教吹去月轮傍。

和梅公仪尝茶

宋·欧阳修

溪山击鼓助雷惊，逗晓灵芽发翠茎。
摘处两旗香可爱，贡来双凤品尤精。
寒侵病骨惟思睡，花落春愁未解醒。
喜共紫瓯吟且酌，羡君萧洒有余清。

次谢许少卿寄卧龙山茶

宋·赵抃[1]

越芽远寄入都时，酬唱珍夸互见诗。
紫玉丛中观雨脚，翠峰顶上摘云旗。
啜多思爽都忘寐，吟苦更长了不知。
想到明年公进用，卧龙春色自迟迟。

①赵抃（1008–1084），浙江衢州人，字阅道，赵湘之孙。景祐元年（1034）进士，官殿中侍郎中侍御史，敢言无畏，人称铁面御史。出知成都，只以一琴一鹤自随，匹马入蜀。神宗初，参知政事，与王安石议政不合。复知成都。有《赵清献集》。

和杜相公谢寄茶

宋·蔡襄

破春龙焙走新茶，尽是西溪近社芽。
才拆缄封思退傅[1]，为留甘旨减藏家。
鲜明香色凝云液，清澈神情敌露华。
却笑虚名陆鸿渐，曾无贤相作诗夸。

①退傅，指对方为退休的帝傅。末句"贤相"同。

和东玉少卿谢春卿防御新茗

宋·陈襄[1]

尝陪星使款高芽，三月欣逢试早茶。
绿绢封来溪上印，紫瓯浮出社前花。
休将洁白评双井，自有清甘荐五华。
帅府诗翁真好事，春团持作夜光夸。

①陈襄（1017–1081），福建侯官人，字述古。庆历二年（1042）进士。与陈烈、周希孟、郑穆倡道堂，时称"海滨四先生"。富弼入相，荐为秘阁校理，知谏院，改侍御史、知杂事，论青苗法不便，曾论荐司马光等三十三人。谥忠文，累赠少师。

和公仪饮茶

宋·王珪[①]

北焙和香饮最真，绿芽未雨带旗新。
煎须卧石无尘客，摘是临溪欲晓人。
云叠乱花争一水，凤团双影贡先春。
清风未到蓬莱路，且把吟瓯伴醉巾。

①王珪（1019–1085），四川华阳人，字禹玉。举进士甲科。哲宗时累官至尚书左仆射兼门下侍郎，封祁国公。有《华阳集》。

次韵孔学士密云龙茶

宋·苏颂

精芽巧制自元丰，漠漠飞云绕戏龙。
北焙新成圆月样，内廷初启绛囊封。
先春入贡来千里，中史传宣下九重。
自省何功蒙上赐，青蒿应为倚长松。

再次韵

宋·苏颂[①]

上尊百倍胜新丰，御茗珍兼大小龙。
颁赉并蒙中使降，捧持犹见守臣封。
露芽轻嫩研香馥，云朵纤浓印迹重。
拜赐频繁何以报，惟坚名节比寒松。

①苏颂（1020–1101），福建晋江人，字子容。庆历二年（1042）进士，官南京留守，欧阳修委以政事。皇祐间召试馆阁校勘。英宗时擢知制诰，知审刑院，著《鲁卫信录》纪与契丹通使事。官至吏部尚书兼侍读。邃于天文、律历。曾作浑天仪，以观测天体。

谷帘泉

宋·陈舜俞

玉帘铺水半天垂，行客寻山到此稀。
陆羽品题真黼黻，黄州吟咏尽珠玑。
重来一酌非无分，未挈吾瓶可忍归。
终欲穷源登绝顶，带云和月弄清晖。

戏酬尝草茶

宋·徐绩

惯看留客费瓜茶，政羡多藏不示夸。
要使睡魔能偃草，肯惭欢伯解迷花[①]。
一旗但觉烹殊品，又凤何须觅瑞芽。
待摘家山供茗饮，与君盟约去骄奢。

①欢伯，酒之别名。汉焦延寿《易林》：“酒为欢伯，除忧来乐。”

谢张和仲惠宝云茶

宋·王令[1]

故人有意真怜我，灵荈封题寄荜门[2]。
与疗文园消渴病[3]，还招楚客独醒魂[4]。
烹来似带吴云脚，摘处应无谷雨痕。
果肯同尝竹林下，寒泉犹有惠山存。

①王令（1032–1059），江苏扬州人，字逢源。少不检，既而折节力学，王安石奇其才。诗学韩孟，识度高远，年未三十卒。有《广陵集》。②荈，晚摘之茶，陆羽《茶经》：“一曰茶，二曰槚，三曰蔎，四曰茗，五曰荈。” ③文园：汉司马相如曾为文帝园陵令，故称文园。④楚客，指屈原。

又借前韵谢惠茶

宋·韦骧

灵芽产自越岩隈，精制须调焙下煤。
隐士寄题缄且密，使君分惠重其开。
点疑白雪盈瓯泛，啜恐清风两腋来。
却和短章酬雅贶，画墁何以谢琼瑰[1]。

①画墁，谓劳而无功。《孟子·滕文公》：“毁瓦画墁。”墁，墙壁之涂饰，画之则反害。

和世美行役不与贡第一茶

宋·韦骧

采凤团龙贡紫宸，今年斗柄仅离寅。
四千里望中天阙，第一番题北苑春。
拜表尽恭初遣使，乘轺还念未归人。
太平岁集梯航献[1]，山岳何如此效珍。

①梯航，谓登山与航海，喻远方跋涉以来。

和刘守正月十日新茶

宋·韦骧

乳雾浮浮啜新茗，只疑春自壑源来。
开筵人日逾三昼，试焙申年第一杯。
首面光肥香已透，辅车津润味全回[1]。
不须七盏清风至，满腋依稀在楚台。

①辅车，指颊肉与牙床，《左传》：“辅车相依，唇亡齿寒。”注谓“颊辅与牙车”。

再和岩起以诗答谢惠团茶之句

宋·韦骧

灵芽不减密云团，十袭清香翠若干。
芜句聊纾情内动，明珠更得掌中看。
轻投雅贶公为易，并获殊珍我自难。
报德酬言古人重，斐章不再岂遑安。

谢岩起寄凤团茶

宋·韦骧

北苑先春云凤团，封题分寄墨初干。
未甘金碾消磨了，且作琼枝爱惜看。
水异康王烹莫称，才非卢子咏应难。
强抽鄙句惭瑶报，佳惠轻酬岂自安。

问江臣源求茶

宋·冯山

语笑嘉陵醉别辰，曾留一角建阳春。
不将闲碾无佳客，每到开尝忆主人。
蒙顶纵甘余草气，月团虽有隔年陈[①]。
吟魂半去难招些[②]，愿得蓝溪数片新。

①月团，茶名。唐卢仝诗有“手阅月团三百片”句。　②“些”，《楚辞·招魂》句末皆用楚人语气，加“些”，实为虚字，并以为韵。

再和

宋·冯山

此品何尝下小团，分甘仍值雪霜寒。
恐尘竹叶微蒸过，要细银杆旋碾看。
紫盏烘时愁俗客，清风来处属仙官。
平江一啜吟佳句，起舞不知天地宽。

安平泉

宋·苏轼

策杖徐徐步此山，拨云寻径兴飘然。
凿开海眼知何代[①]，种出菱花不计年[②]。
烹茗僧夸瓯泛雪，炼丹人化骨成仙。
当年陆羽空收拾，遗却安平一片泉。

①海眼，指涌出泉源的洞穴。　②菱花，镜的别称，指泉水注成池壑有如镜子。

次韵曹辅寄壑源试焙新芽

宋·苏轼

仙山灵草湿行云，洗遍香肌粉未匀。
明月来投玉川子，清风吹破武林春[1]。
要知冰雪心肠好，不是膏油首面新。
戏作小诗君一笑，从来佳茗似佳人。

①武林：杭州西灵隐山原名武林山，后称杭州为武林。

次韵曾仲锡元日见寄

宋·苏轼

萧索东风两鬓华，年年幡胜剪宫花[1]。
愁闻塞曲吹芦管，喜见春盘得蓼芽。
吾国旧供云泽米[2]，君家新致雪坑茶。
燕南异事真堪纪，三寸黄柑擘永嘉。

①幡胜：唐宋民俗，逢岁首立春日，人家以金银箔采罗剪成花或小旗，作插鬓及花木的饰品，称幡胜或采胜。　②云泽，即古云梦泽，大约包括今洞庭湖及其周围地区，盛产稻米。

汲江煎茶

宋·苏轼

活水还须活水烹，自临钓石取深清。
大瓢贮月归春瓮，小杓分江入夜瓶。
茶雨已翻煎处脚，松风忽作泻时声。
枯肠未易禁三碗，坐听荒城长短更。

谢曹子方惠新茶

宋·苏轼

陈植文华斗石高[1]，景宗诗句复称豪。
数奇不得封龙额[2]，禄仕何妨似马曹。
囊简久藏科斗字，剑锋新莹？鹈膏[3]。
南州山水能为助，更有英辞胜《广骚》[4]。

①陈植：指三国曹植，植于魏黄初六年改封陈王，故云。　②数奇，命运与功业相忤。汉代有“李广数奇”之说。　③鹈膏：水鸟䴙鹈的油脂，古时用以涂刀剑，可防锈。　④广骚：汉代扬雄依屈原《离骚》之意，作《广骚》。

虎跑泉

宋·苏轼

金沙泉涌雪涛香，洒作醍醐大地凉。
倒浸九天河影白，遥通百谷海声长。
僧来汲月归灵石，人到寻源宿上方。
更续《茶经》校奇品，山瓢留待羽仙尝。

游净因院寄琏禅师

宋·苏辙

岁月潜消日里冰，依然来见佛堂灯。
此身已自非前我，问去何妨似旧僧？
洒面飞泉时点点，压池苍石尚层层。
遥知近爱金山好，江水煎茶日几升？

宋城宰韩秉文惠日铸茶

宋·苏辙

君家日铸山前住，冬后茶芽麦粒粗。
磨转春雷飞白雪，瓯倾锡水散凝酥。
溪山去眼尘生面，簿领埋头汗匝肤。
一啜更能分幕府，定应知我俗人无。

蜀井

宋·苏辙

信脚东游十二年，甘泉香稻忆归田。
行逢蜀井恍如梦，试煮山茶意自便。
短绠不收容盥濯，红泥仍许置清鲜。
早知乡味胜为客，游宦何须更着鞭？

梦中谢和老惠茶

宋·苏辙

西邻禅师怜我老，北苑新茶惠初到。
晨兴已觉三嗅多，午枕初便一杯少。
七碗煎尝病未能，两腋风生空自笑。
定中直往蓬莱山，卢老未应知此妙。

谢王烟之惠茶

宋·黄庭坚

平生心赏建溪春，一丘风味极可人。
香包解尽宝带胯，黑面碾出明窗尘。
家园鹰爪改呕冷，官焙龙文常食陈。
于公岁取壑源足，勿遣沙溪来乱真。

和胡漕斗茶分药

宋·李复[1]

万里飞香入晋山，高真秘箓露谈端。
春雷发地岩惊绿，夜鹤飞坛鼎转丹。
仙桂清风生两腋，玉壶五色抱神丸。
虚谈论罢无尘事，林外娟娟月半残。

①李复，陕西长安人，字履中。师事张载，元丰进士。绍圣间为西边使者，喜谈兵，于书无所不读，尤工诗。学者称潏水先生。后知秦州，金人来犯，死事。有《潏水集》。

场南寺

宋·刘韫[1]

晓起阴霾喜绝收，急忙扶酒为春留。
落花千点野亭寂，啼鸟一声春事幽。
施食台高禽易啄，长明灯暗鼠潜偷。
山僧摘茗吹茶灶，留客殷勤学赵州。

①刘韫，福建崇安人，字仲固，自号秀岑，刘韐之弟。以朝散大夫致仕，筑室城南，隐处吟咏以终。

舍弟寄茶

宋·刘跂[1]

吾弟饷人真不恶，建芽来自禁烟前。
一杯未易阳侯厄，四两应为蒙顶仙。
病子头风如得花，酒家中圣殆忘眠。
平头奴子堪瓶碗[2]，可带樵青竹叶煎。

①刘跂，东光人，字斯立。元丰进士，授朝奉郎。绍圣间从其父刘挚赴谪所。徽宗立始返挚之丧。跂乃诉雪父之冤。后遭党事，家居避祸。有《学易集》。 ②平头奴子：平头，光头。梁武帝诗有"平头奴子擎履箱"，指家中仆人。

次韵卢骏给事试茶

宋·廖刚[1]

春容未动柳梢头，宠赐初惊远自瓯。
蟹眼翻云连色起，兔毫扶雪带香浮。
出尘香味端谁品，无滓肝肠可耐搜。
青琐夜长应不寐[2]，珊瑚重见万金钩[3]。

①廖刚（1071–114），福建顺昌人，字用中，号高峰。少从杨时学。登崇宁二年（1103）进士。宣和初擢监 察御史。时蔡京当国，刚论奏无所避，出知兴化军。绍兴初召回，历御史中丞，为秦桧所忌，改工部尚书，致仕。有《高峰集》。 ②青琐，指宫门。古宫门饰青色雕有连琐文。 ③珊瑚钩，喻文采之美。杜甫诗有："飘飘青琐郎，文采珊瑚钩。"

携茶过智海

宋·吴则礼

床头白羽已相亲，茗碗才尝正焙新。
透出老禅三昧眼[①]，唤醒逋客二毛身[②]。
坐闻考考赴堂鼓，起觅垂垂洗钵人。
稍有黄鹂来举似，似怜老子独知真。

①三昧：佛教梵语，意谓解脱自在，或言奥妙。
②句中逋客，谓逃隐无官之人。二毛鬓发斑白二色，喻已老。

谢性之惠茶

宋·释惠洪

午窗石碾哀怨语，活火银瓶暗浪翻。
射眼色随云脚乱，上眉甘作乳花繁。
味香已觉臣双井，声价从来友壑源。
却忆高人不同试，暮山空翠共无言。

与客啜茶戏成

宋·释惠洪

道人要我煮温山，似识相如病里颜。
金鼎浪翻螃蟹眼，玉瓯绞刷鹧鸪斑[①]。
津津白乳冲眉上，拂拂清风产腋间。
唤起晴窗春昼梦，绝怜佳味少人攀。

①颔联上句螃蟹眼指当时煮茶，水初沸所起的小气泡，或称蟹目。下句鹧鸪斑指带有橙色花斑的越窑黑釉茶碗。

空印以新茶见饷

宋·释惠洪

喊山鹿蔌社前摘[①]，出焙新香麦粒光。
撼树师应怀大仰[②]，传瓯我欲学南阳[③]。
要看雪乳急停筅，旋碾玉尘深住汤。
今日城中虽独试，明年林下定分尝。

①喊山：宋时春后惊蛰节候，茶农上山摘头遍春茶之前的一种众人呼喊以祭山神的仪式。鹿蔌，喻茶芽。 ②大仰：唐禅宗名僧仰山慧寂，为沩仰宗之祖师。 ③南阳：唐初有六祖慧能之弟子慧忠，得其心印，居南阳山中四十余年。肃宗、代宗时皆迎入京师，随机说法。号南阳国师。

谢太守惠茶

宋·葛胜仲

林亭冻卉未芳华，已享先春正焙芽。

活火急呼汤饼客，缄囊来自使君家。
破看鲜馥欺瑶草，煮验漂浮漾枣花。
不预头纲证四品，恍惊流落滞天涯。

谢通判惠茶用前韵

宋·葛胜仲

色味新香各十分，可无桑苎与书勋。
打门赠我令呼客，好事知君最出群。
饮罢清风引仙阙，睡余妖梦破朝云。
贫无列屋纤纤手，捧碗齐眉但布裙。

和睡起饮茶

宋·李 光[①]

虚堂清簟午抛簪，人静疏帘腴昼阍。
身过中年心已倦，病因烦暑气常昏。
紫烟碧月天初赐，乳窦寒泉世莫论。
尘味暂忘惟嗜此，更无余思到芳樽。

①李光（1078–1159），浙江上虞人，字泰发。师事刘安世，崇宁间进士。除太常博士，迁司封，正论切直忤宰相，贬阳朔。高宗时累擢吏部尚书，参知政事。复以忤秦桧罢去。有《庄简集》。

次韵钟令

宋·王庭珪

闲举酒兵挑一战，愁城欲下战方酣。
且烹北苑龙香茗，暂脱东禅鹘臭衫[①]。
有志干时君自许，无钱使鬼我何堪。
江湖寂寞生涯尽，对客不应容易谈。

②鹘臭衫：臭疑为“突”之误。鹘突，如言胡涂。

和施通判以诗惠茶

宋·王庭珪

彩笔题夸北苑春，南来草木始称珍。
江湖风味极不浅，翰墨篇章老更新。
落日清吟招恶客，此时佳境属闲人。
惭无好语酬高咏，东望云山意莫陈。

和人摘茶

宋·周紫芝

结庐闻似辋川家[①]，更趁东风摘露芽。
短梦换回春正好，枯肠搜尽句方嘉。
酪奴语陋真堪笑，瑞草名高岂复加。

明岁莫教烟雨里，白蔷薇秀小岩花。

①辋川，在陕西蓝田县，唐王维隐居处。

饮修仕茶

宋·李纲

北苑龙团久不尝，修仁茗饮亦甘芳。
夸研斗白工夫拙，辟瘴消烦气味长。
江表露芽空绝品，蜀中仙掌可同行。
从容饭罢何为者，一碗还兼一炷香。

谢人惠花栽以龙涎及小团答之[1]

宋·刘才邵

应怜小圃少花看，分惠灵苗四五般。
多谢高情无所吝，欲将俗物报应难。
鲸波荐液香难比，龙焙先春玉作团。
寄与文房助清兴，诗魂莫怕月边寒。

①龙涎：香名，为海上抹香鲸的分泌物，又名龙泄。其香经久不散。

范箕叟啜茗一首

宋·苏籀[1]

无穷赏物胡名达，希世纤柔不计金。
爱雪并花也延命，掷丝与竹却知音。
情闲未绝毫厘念，文艳何妨铁石心。
雅倩樊蛮诵长恨[2]，饮茶亦可拟芳斟。

①苏籀（1091-?），四川眉州人，苏辙之孙，官至监丞。有《双溪集》。　②樊蛮：唐白居易家有女伎樊素、小蛮，素善歌，蛮善舞。有诗："樱桃樊素口，杨柳小蛮腰。"此句意谓应请二女唱白居易之《长恨歌》。

董邦则求茶轩诗次韵

宋·朱松

一轩新筑敞柴荆，北苑尘飞客思清。
更买樵青娱晚景，便应卢老是前生。
千门北阙梦不到，一卷玉杯心自明。
冷看田侯堂上客，醉中谈笑起相烹。

答卓民表送茶

宋·朱松

搅云飞雪一番新，谁念幽人尚食陈？
仿佛三生玉川子，破除千饼建溪春。
唤回窈窈清都梦[1]，洗尽蓬蓬渴肺尘。
便欲乘风度芹水，却悲狡狯得君嗔。

①清都：古代传说天帝所居宫阙名清都。借指朝廷。

用前韵以小春茶饷子象

宋·韩元吉

鲜花不用恼诗人，亦有灵芽特地春。
数朵妖花真绰约，一瓯酽白更清新。
眼明共识西都艳，齿冷应怀北苑珍。
佳茗奇葩堪并赏，须公品第入陶钧。

卜居

宋·陆游

南浮七泽吊沉湘[1]，西溯三巴掠夜郎[2]。
自信前缘与人薄，每求宽地寄吾狂。
雪山水作中泠味，蒙顶茶如正焙香。
傥有把茅端可老，不须辛苦念还乡。

①七泽：古楚地多湖泽，总称七泽。沉湘，指屈原。　②三巴：四川古有巴郡、巴东、巴西，称三巴。夜郎，古国名，在今贵州境内。

初夏

宋·陆游

淡霭轻飔入夏初，一窗新绿鸟相呼。
出门易倦常归卧，著句难工但自娱。
花径蝶闲无堕蕊，酒楼人散有空炉。
闽川茶灶犹沾及，肺渴朝来顿欲苏。

试茶

宋·陆游

强饭年来幸未衰，睡魔百万要支持。
难从陆羽毁茶论，宁和陶潜止酒诗。
乳井帘泉方偏试，柘罗铜碾雅相宜。
山僧剥啄知谁报，正是松风欲动时。

戏书燕儿

宋·陆游

平生万事付天公，白首山林不厌穷。
一枕鸟声残梦里，半窗花影独吟中。
柴荆日晚犹深闭，烟火年来只仅通。
水品茶经常在手，前身疑是竟陵翁。

南堂杂兴

宋·陆游

奔走当年一念差，归休别觉是生涯。
茅檐唤客家常饭，竹院僧随自在茶。
禅欠遍参宁得髓，诗缘独学不名家。
如今百事无能解，只拟清秋上钓槎。

池亭夏昼

宋·陆游

造物宁非念老生，池亭幽事悉施行。
群鱼聚散忽无迹，孤蝶去来如有情。
小硙落茶纷雪片，寒泉得火作松声。
曲肱假寐翛然悟，不为敲门梦不成。

书意

宋·陆游

养得山林气粗全，此怀无处不超然。
日长琴弈茅檐下，岁晚江湖箬帽前。
天上本令星主酒[①]，俗间妄谓世无仙。
今年茶比常年早，笑试西峰一掬泉。

①星主酒：古谓天有酒旗星。三国孔融与曹操书云：“酒之德久矣……故天垂酒星之 ，地列酒泉之郡……”

试茶

宋·陆游

苍爪初惊鹰脱鞲，得汤已见玉花浮。
睡魔何止避三舍，欢伯直知输一筹。
日铸焙香怀旧隐，谷帘试水忆西游。
银瓶铜碾俱官样，恨欠纤纤为捧瓯。

喜得建茶

宋·陆游

玉食何由到草莱，重奁初喜坼封开。
雪霏庾岭红丝硙，乳泛闽溪绿地材。

舌本常留甘尽日，鼻端无复鼾如雷。
故应不负朋游意，手挈风炉竹下来。

啜茶示儿辈

宋·陆游

围坐团栾且勿哗，饭余共举此杯茶。
初知道义死无憾，已迫耄期生有涯。
小圃花光还满眼，高城漏鼓不停挝。
闲人一笑真当勉，小榼何妨问酒家。

蕉坑茶

宋·周必大

昏然午枕困漳滨，醒以清风赖子真。
初似参禅逢硬语，久如味谏得端人。
王程不趁清明宴，野老先迎浩荡春。
敢向柘罗评绿玉，待君同碾试飞尘。

以六一泉煮双井茶

宋·杨万里

鹰爪新茶蟹眼汤，松风鸣雪兔毫霜。
细参六一泉中味[①]，故有涪翁句子香[②]。
日铸建溪当退舍，落霞秋水梦还乡[③]。
何时归上滕王阁，自看风炉自煮尝。

①六一，欧阳修号六一居士。 ②涪翁，黄庭坚号涪翁。 ③落霞秋水：引唐王勃《滕王阁赋序》语，"落霞与孤鹜齐飞，秋水共长天一色。"

惠泉分茶示正孚长老

宋·杨万里

寒泓不到十余年，老眼重看意惘然。
冽漱苍崖玉龙口，堕成清镜雪花天。
须烦佛界三昧手，拈出茶经第二泉。
珍重赞公经久别[①]，且谈诗句未谈禅。

①赞公：比对方为五代高僧赞宁。

过杨子江

宋·杨万里

只有清霜冻太空，更无半点荻花风。
天开云雾东南碧，日射波涛上下红。
千载英雄鸿去外，六朝形胜雪晴中。
携瓶自汲江心水，要试煎茶第一功。

题盱眙军玻璃泉[1]

宋·杨万里

清如淮水未为佳，泉迸淮山好煮茶。
熔出玻璃开海里，更和月露瀹春芽。
仰看绝壁一千丈，削下青琼无点瑕。
从事不浇愁肺渴，临泓带雪吸冰花。

①盱眙军：今江苏洪泽湖畔盱眙县。

灯下读山谷诗

宋·杨万里

天下无双双井黄[1]，遗编犹作旧时香。
百年人物今安在，千载功名纸半张！
使我诗篇如许好，关人身事亦何尝。
地炉火暖灯花喜，且只移家住醉乡。

①双井黄：宋黄庭坚为江西分宁人。宋初以分宁所产双井茶为天下第一，后来日铸茶居上，至建茶出，前二者皆在其下矣。庭坚号山谷，前卷有《双井茶送子瞻》诗。

送张定叟

宋·杨万里

紫岩衣钵付南轩[1]，介弟曾同半夜传。
师友别来真梦耳，江湖相对各潸然！
但令门户无遗恨，何必功名在早年。
君向潇湘我闽粤，寄书只在寄茶前。

①此句称崇安道学传授于张栻，栻字南轩。

雪　夜

宋·吕文

漠漠同云遍海涯[1]，晓风寒逼绿窗纱。
飞扬鳞甲三千界，妆点楼台百万家。
何处妙歌金帐酒，谁人清对玉梅花？
便应石鼎融冰水，乌帽笼头自煮茶。

①同云：雪天的冻云。

寄南安李使君

宋·赵蕃

臼捣纷纷何所知，碾成更自治家模。
不尽粉身兼碎骨，为看落雪又霏珠。
体用同归人力致，粗精孰愈磨工夫。
旧闻此物独君地[1]，要伴笔床能寄无。

①此句明确指出福建南安(安溪即其所辖)早以产茶闻名。

携茶访杨东山

宋·曾三异[1]

搴衣不待履霜回，到得如今亦乐哉。
泓颖有时供戏剧，轩裳无用任尘埃。
眉头犹自怀千恨，兴到何如酒一杯。
知道华山方睡觉[2]，打门聊伴茗奴来。

①曾三异，江西清江人，字无疑。兄三聘、三复皆时名宦。三异淳熙中乡贡，少有诗名，尤尊经学，屡从朱熹问辨。宁宗时为考功郎，韩侂胄指其为故相赵汝愚腹心，坐贬。侂胄诛，竟不起，亦不以言。　②宋陈抟隐居华山，善睡，故云。

许深父送日铸茶

宋·张镃

短笺欣见小龙蛇，谏省初颁越岭茶。
瓷缶秘香蒙翠箬，蜡封承印湿丹砂。
清风洒落曾谁比，正味森严更可嘉。
堪笑云台方忍睡，强行松径嚼新芽。

盐官借沈氏屋

宋·刘过

借宅西楼对短檠，一灯相对纸窗横。
煨炉火活蹲鸱熟[1]，沸鼎茶香蚯蚓鸣。
万卷读书空老大，诸生盖世尽功名。
依稀草木还乡去，更向夜深闻雨声。

①蹲鸱芋之大者称蹲鸱。

与青原正庵老[1]

宋·刘过

倦行老矣遍东南，最后青原识正庵。
无法更求身外说，有禅应许意中参。
春风绕寺雨华坠，石鼎烹茶泉味甘。
暂脱尘嚣聊税驾[2]，与君相对款清谈。

①青原：山名，在江西吉安。自唐以来为禅宗传法名区，故诗中及之。 ②税驾：停车止宿。

谢史石窗送酒并茶

宋·戴复古[1]

遣来二物应时须，客子行厨用有余。
午困政须茶料理，春愁全仗酒消除。
不胜欢喜拜嘉惠，无限殷勤作谢书。
君既有来何以报，一床蕲簟两淮鱼[2]。

①戴复古（1167–1248），浙江黄岩人，字式之。居石屏山，因号石屏。宋孝宗、宁宗间人，曾登陆游之门。诗清健自成一家，亦工词，有《石屏诗集》、《石屏词》。 ②蕲簟：竹席。宋文同诗有"一床蕲簟石林寒"之句。

田园吟

宋·戴复古

自古田园活计长，醉敲牛角取宫商。
催耕啼后新秧绿，锻磨鸣时大麦黄。
桐树着花茶户富，梅林无实秫田荒。
狂夫本是农家子，抛却一犁游四方。

茶花盛放满山

宋·岳珂[1]

花容缜栗露冰肤，消得脂韦酩作奴。
叶底绽葩黄映玉，枝间着子碧垂珠。
洁躬澹薄隐君子，苦口森严大丈夫。
便合味言归隽永，移根禁籞比青蒲[2]。

①岳珂（1183–1234），河南汤阴人，字肃之，号倦翁，岳飞之孙。官户部侍郎，淮东制置使。上书为祖辨冤。有《玉楮集》、《程史》、《崇湖诗》。 ②禁籞，即宫中禁苑。青蒲，指跪拜用的蒲团。

茶 花

宋·岳珂

万峰落叶木槎牙，春色初回垄上茶。
浅蕊黄金韵栀子，嫩容白玉沁梨花。
西风凝露才成颗，北苑喊雷应未芽。
苦口味言终有益，莫将容悦比浮葩。

谢尊固送茶

宋·吴 泳[1]

闲居早是宾俦寡，有弟山行访鸟窠。
黄卷渐成迂叟僻，朱颜不似美人酡。
诗因怕事吟偏少，酒为看山饮辄多。
珍重山园芳茗饷，犹胜乡国赵家坡。

①吴泳，四川三台人，字叔永。嘉定进士，累官直舍人院。上言切至。累迁吏部侍郎兼直学士院，权刑部尚书，进宝章阁学士知泉州。有《鹤林集》。

性老致庐山茶

宋·方 岳

枉作江南半世人，安知五老不吾嗔[1]。
自参茶壑风烟美，略识庐山面目真。
涧汲每思佳客共，云眠谁谓老师贫。
秋崖只有诗如此，回向山灵报答春。

①五老，指庐山五老峰。

谢史计使寄建茗

宋·赵汝腾[1]

皇华珍意办头纲，余馥吾侪也得尝。
黯戆终然言有味，风月稀游独乐园。
一榻自观心主静，诸贤欲叩我忘言。
仆归借屋西湖畔，半载才能两造门。

①赵汝腾，福州人，字茂实，号庸斋，宋宗室。宝庆二年(1226)宗子试进士。官终端明殿学士兼翰林承旨。有《庸斋集》。

谢饶计使遣饷贡余

宋·赵汝腾

仙芽龙水办头纲，百草山中不敢香。
表进得陪华使拜，贡余遣饷守臣尝。
似思苦口陈忠谏，可但饴茶献上方。
分我清风生两腋，惜无文字只枯肠。

谢李献甫寄凤茶

宋·冯 山

双凤婆娑绿玉团，初纲犹禁中寒。
贵从侍从时宣赐，传到西南作宝看。

旋碾合留清浩气，亲题何事寄官。
感公珍惠宁须试，一嗅烦怀已自宽。

章郎中送茶

明 · 李时勉[①]

雀舌金芽玉色鲜，贡余独得大夫怜。
寄来春日闻雷动，采摘云林禁火前。
手阅香逾仙掌草，鼎烹味胜惠山泉。
玉堂曾是夸风韵，何似陶潜乐醉眠。

①李时勉（1374–1450），江西安福人，名懋，以字行。永乐进士，选庶吉士。正统间官国子祭酒。以直节重望为士类所依归。有《古廉集》。

竹轩为宋以临赋

明 · 倪 谦[①]

琅玕特立绕茅檐，清逼幽怀称养恬。
风细佩声来静几，月高鸾影落疏帘。
碧窗烟细茶翻乳，曲径苔深笋迸尖。
何日抱琴容直造，倚阑吟啸一掀髯。

①倪谦（1415–1479），江苏南京人，字克让，正统进士。曾奉使朝鲜，风采凛然。天顺中屡迁学士，侍讲东宫，主考顺天，黜权贵之子，被诬，谪戍开平。宪宗立，诏复职，迁南京礼部尚书，致仕。有《倪文僖集》。

谢李贞伯送瓦茶炉

明 · 吴 宽[①]

抟埴功成上短筵，茶香酒暖尽相便。
送来陶鼎风斯下，移近寒屏火始然。
巧匠刻铭依古制，才人联咏费新篇。
却怜吴地官窑遍，深幸遗材出万砖。

①吴宽（1435–1504），江苏苏州人，字原博。成化八年(1472)进士第一人，翰林修撰。官至礼部尚书，赠太子太保。

饮阳羡茶[①]

明 · 吴 宽

今年阳羡山中品，此日倾来始满瓯。
谷雨向前知苦雨，麦秋以后欲迎秋。
莫夸酒醴清还浊，试看旗枪沉载浮。
自得山人传妙诀，一时风味压南州。

①阳羡，今江苏宜兴。

和国贤谢茶

明·吴 俨[①]

雨拆灵芽我发船，北风吹断碧山烟。
一杯未解文园渴，七碗何能到玉川。
品茶世独推阳羡，评水人多说慧山[②]。
今日相从调众口，莫教腾沸鼎铛间。

①吴俨，江苏宜兴人，字克温，成化进士。官侍讲学士，因峻拒刘瑾，被罢。瑾诛，复职，升南京礼部尚书。谏武宗北巡被罪。有《吴文肃公摘稿》。 ②慧山，即无锡惠山。

煮 茶

明·顾 清

未有金犀辟夜寒，每蒙龙凤赐宫团。
自分玉岭千寻润，小试春旗一叶单。
屋里松涛从地起，窗前梅月几时看。
飘然便欲凌风去，清浅蓬莱水又宽。

首夏即事

明·顾 清

金兽香残昼漏稀，嫩槐庭院午风微。
蜜房分子蜂初静，书阁垂帘燕自飞。
小碾试茶催瀹鼎，轻刀裁葛已成衣。
故园遥忆三江外，梅豆青青笋过扉。

虎 丘

明·文徵明

短簿祠前树郁蟠[①]，生公台下石孱颜。
千年精气池中剑，一壑风烟寺里山。
井洌羽泉茶可试，草荒支涧鹤空还。
不知清远诗何处？翠蚀苔花细雨斑。

①短簿祠：晋王珣任大司马桓温主簿。珣身形短小，郗超为记室参军，超多髯。时人谓：“髯参军，短主簿，能令公喜，能令公怒。”王珣祠在虎丘。

惠麓泉甘

明·文徵明

云腴湛湛雪霏霏，惠麓甘泉天下奇。
驿送曾烦厓相置，品尝惟许渐儿知。
雨前佳致分茶处，松下清酣濑齿时。
忽吸沧浪烟外曲，月明风细不胜思。

煎 茶

明 · 文徵明

老去卢仝兴味长，风檐自试雨前枪。
竹符调水沙泉活，瓦鼎然松翠鬣香。
黄鸟啼花春酒醒，碧桐摇日午窗凉。
五千文字非吾事，聊洗百年汤饼肠。

七 宝 泉

明 · 文徵明

何处清泠结静缘，幽栖遥在太湖边。
扫苔坐话三生石，破茗亲尝七宝泉。
翠竹传声云袅袅，碧天流影玉涓涓。
高人去后谁真赏？一漱寒流一慨然。

擂 茶[①]

明 · 孙 绪[②]

何物狂生九鼎烹，敢辞粉骨报生成。
远将西蜀先春味，卧听南州隔竹声。
活火乍惊三昧手，调羹初试五侯鲭[③]。
风流陆羽曾知否，惭愧江湖浪得名。

①擂茶：今闽北尚有擂茶遗俗。诗中所云西蜀、南州，未明所指。　②孙绪，河北故城人，字诚甫，号沙溪，弘治进士，授户部主事，转吏部郎中。被中官中伤褫职。嘉靖初起为太仆卿，致仕。有《沙溪集》。　③五侯鲭：汉成帝时，贵戚王氏五侯竞制鱼肉奇膳，合以为鲭，后世因称美味佳肴为五侯鲭。

北 山 茶

明 · 潘希曾[①]

春来遥忆北山茶，青壁丹崖傍我家。
采露撷烟空梦寐，沿河溯济自年华。
求闲会了三生愿，知足何须七碗加。
燕语莺啼春送尽，又看光景到萱花。

①潘希曾，浙江金华人，字仲鲁。弘治进士，庶吉，授兵科给事中，指斥近倖，不赂刘瑾，被廷杖除名，瑾诛，再起。嘉靖中历太常卿，伏阙争大礼，以右佥都御史巡抚南赣，平惠州之乱，迁工部侍郎，治河，筑长堤百四十里。历兵部左右侍郎。有《竹涧集》。

得乡茶有感

明 · 夏良胜

摘来采采满筐云，野味全凭水火匀。

千片碎分千里月，一囊收拾一年春。
玉川格局字字古，雀舌名头处处新。
洗手拆封如见面，却惊身是异乡人。

啜茶

明·夏良胜

故乡茶叶异乡烹，添得吟肠一味清。
水凿冰崖凝碧碗，火翻雪浪覆青瓶。
含枪谩说呈新品，带脚从今减旧声。
愧我相知无谏议，也须三碗坐严更。

虎丘

明·徐 渭

辘轳高倚壁嶙峋，剑水沉沉草树蓁。
虎气必腾千尺上，蛾眉曾照两弯颦。
不胜清拍中秋夜，尽委黄金数叶春。
谁记君王旧歌舞，馆娃宫殿已成尘[①]。

①馆娃宫殿：春秋吴王夫差造宫殿以馆西施。吴人称美女为娃，故呼为馆娃宫。

赠醉茶居士

明·陈继儒

山中日日试新泉，君合前身老玉川。
石枕月侵蕉叶梦，竹炉风软落花烟。
点来直是窥三昧，醒后翻能赋百篇。
却笑当年醉乡子，一生虚掷杖头钱。

游虎跑泉

明·袁宏道[①]

竹床松涧净无尘，僧老当知寺亦贫。
饥鸟共分香积米，落花常足道人薪。
碑头字识开山偈，炉里灰寒护法神。
汲取清泉三四盏，芽花烹得与尝新。

①袁宏道（1568-1610），湖北公安人，字中郎。万历二十年(1592)进士，官至稽勋郎中。与兄宗道、弟中道并有才名，人称“三袁”。为诗主清真妙悟，反李攀龙等拟古之主张，号公安派。有《袁中郎集》等。

煮茶

清·彭孙遹

空阶风雨近残年，寒拥枯炉当品泉。
狂兴未须千日酒，野情自烧一溪烟。
遥遥涧水来天外，谡谡松风到枕边。
短褐不烦游客访，山人新著毁茶篇[①]。

①毁茶篇：即指陆羽之《毁茶论》，作者引以自拟。

煮泉

清·姚燮[①]

疑与参寥斗石泉[②]，洼匏博得一泓宽。
铁磨石藓黏肤瘦，玉斫冰梅嚼齿寒。
丹灶砂抟龙饼细，红炉火炙麝烟干。
任渠风雪黄州路，入勺天浆濯梦安。

①姚燮（1805-1864），浙江镇海人，字梅伯，号复庄，道光举人。五岁能诗，及长，博览群籍，诗词骈文俱负盛名。工画墨梅、白描人物，写意花卉亦入古法。晚寓鄞县，结诗社，弟子数百人。有《大梅山馆集》。　②参寥：《庄子》虚似之人名。意谓高旷莫名者。

茗花

清·敦敏

骤雨潇潇已沸汤，兰芽别自蔼清芳。
地炉纸帐疏烟薄，活火寒泉飞雪香。
几片绿云凝露润，一瓯碧玉喷珠光。
《茶经》陆羽真能事，轻细相看入品尝。

武夷茶

清·陆廷灿

桑苎家传旧有经，弹琴喜傍武夷君。
轻涛松下烹溪月，含露梅边煮岭云。
醒睡功资宵判牒，清神雅助昼论文。
春雷催出仙岩笋，雀舌龙团取次分。

谢王适庵惠武夷茶

清·沈涵

雀舌龙团总绝群，驿书相饷意偏殷。
香含玉女峰头露，润带珠帘洞口云。
不用破愁三万酒，惭无拄腹五千文。
呼童携取源泉水，细展旗枪满座芬。

七言古风

西陵道士茶歌

唐·温庭筠[1]

乳窦溅溅通石脉，绿尘愁草春江色。
涧花入井水味香，山月当人松影直。
仙翁白扇霜鸟翎，拂坛夜读《黄庭经》。
疏香皓齿有馀味，更觉鹤心通杳冥。

送龙茶与许道人

宋·欧阳修

颍阳道士青霞客，来似浮云去无迹。
夜朝北斗太清坛，不道姓名人不识。
我有龙团古苍璧，九龙泉深一百尺。
凭君汲井试烹之，不是人间香味色。

次韵江晦叔兼呈王器之（节选）

宋·苏轼

横空初不跨鹏鳌，但觉胡床步步高。
一枕昼眠春有梦，扁舟夜渡海无涛。
归来又见颠茶陆，多病仍逢止酒陶。

月兔茶

宋·苏轼

环非环，玦非玦，中有迷离玉兔儿。
一似佳人裙上月，月圆还缺缺还圆。
君不见斗茶公子不忍斗小团，上有双衔绶带双飞鸾。

咏 茶

宋·苏 轼

君不见，武夷溪边粟粒芽。前丁后蔡相宠加。争新买宠各出意，今年斗茗充官茶。吾君所乏岂此物，致养口体何陋耶。洛阳相公忠孝家，可怜亦进姚黄花。

省中烹茶怀子瞻用前韵

宋·黄庭坚

阁门井不落第二，竟陵谷帘定误书。
思公煮茗共汤鼎，蚯蚓窍生鱼眼珠[1]。
置身九州之上腴，争名焰中沃焚如。
但恐次山胸磊隗，终便酒舫石鱼湖。

双井茶送子瞻

宋·黄庭坚

人间风月不到处，无上玉堂森宝书。
想见东坡旧居士，挥毫百斛泻明珠。
我家江南摘云腴，落硙霏霏雪不如。
为公唤起黄州梦，独载扁舟向五湖。

再用发字韵谢毅父送茶

宋·晁补之

开门睹雉不敢发，滞思霾胸须澡雪。
烦君初试一枪旗，救我将堕半轮月。
不应种木便甘棠，清风自是万夫望。
未须桀此蓬莱去[2]，明日论诗齿颊香。

李令将行返遗以茶

宋·梅尧臣

宏词郎，姑苏住，千千蚨母丝绳度[1]。
谁将为寿不肯收，上马慨然如脱兔。
独持茶串过江来，已把赠人空手去。
雨雪绥绥出楚关，我无鲁酒徒相顾。

无学点茶乞诗

宋·释惠洪

政和官焙来何处，雪后晴窗欣共煮。
银瓶瑟瑟过风雨，渐觉羊肠挽声度。
盏深扣之看浮乳，点茶三昧须饶汝，
鹧鸪斑中吸春露。

建安雪

宋·陆游

建安官茶天下绝，香味欲全须小雪。
雪飞一片茶不忧，何况蔽空如舞鹤。
银瓶铜碾春风里，不枉年来行万里。
从渠荔子腴玉肤，自古难兼熊掌鱼。

谢萧元隆贤良惠小团

宋·刘才邵

紫鸾琢璧轻云转，几年隔阔今重见。
睡魔胆落不待降，气压月团三百片。
饮罢清风生两腋，三山去人疑咫尺。
便欲携公封事叩玉扃，为问苍生几时得苏息。

和章岷从事斗茶歌

宋·范仲淹

年年春自东南来，建溪先暖冰微开。
溪边奇茗冠天下，武夷仙人从古栽。
新雷昨夜发何处，家家嬉笑穿云去。
露芽错落一番荣，缀玉含珠散嘉树。
终朝采掇未盈襜，惟求精粹不敢贪。
研膏焙乳有雅制，方中规兮圆中蟾。
北苑将期献天子，林下雄豪先斗美。
鼎磨云外首山铜，瓶携江上中泠水。
黄金碾畔绿尘飞，紫玉瓯心雪涛起。
斗茶味兮轻醍醐，斗茶香兮薄兰芷。
其间品第胡能欺，十目视而十手指。
胜若登仙不可攀，输同降将无穷耻。
吁嗟天产石上英，论功不愧阶前蓂。
众人之浊我可清，千日之醉我可醒。
屈原试与招魂魄，刘伶却得闻雷霆。
卢仝不敢歌，陆羽须作经。
森然万象中，焉知无茶星。
商山丈人休茹芝，首阳先生休采薇。
长安酒价减千万，成都药市无光辉。
不如仙山一啜好，泠然便欲乘风飞。
君莫羡，花间女郎只斗草，赢得珠玑满斗归。

赋煮茶图

明·顾璘

朱门酒肉如山海，沉湎徒云性灵改。
松关冥坐真天人，朗如玉树生华采。
涧阿霁雪新泉清，风吹石鼎茶烟横。
悠然对语白日晚，俯听万井苍蝇声。

御茶园歌

清·朱彝尊[1]

御茶园在武夷第四曲，元于此创焙局安茶槽。五亭参差一井冽，中央台殿结构牢。每当启蛰百夫山下喊，扒金伐鼓声喧嘈。岁佥二百五十户，须知一路皆绎骚。山灵丁此亦太苦，又岂有意贪牲醪。封题贡入紫檀殿，角盘瓔碗怯薛操。小团硬饼捣为屑，牛湩马乳倾成膏。君臣第取一时快，讵知山农摘此田不毛。先春一闻省帖下，樵丁荛竖纷逋逃。入明官场始尽革，厚利特许民搜掏。残碑断臼满林麓，西皋茅屋连东皋。自来物性各有殊，佳者必先占地高。云窝竹窠擅绝品，其居大抵皆岩嶅。兹园卑下乃在隰，安得奇茗生周遭。但今废置无足惜，留待过客闲游遨。古人试茶昧方法，椎钤罗磨何其劳。误疑爽味碾乃出，精气已耗茗醴铺其糟。沙溪松黄建蜡面，楚蜀投以姜盐熬。杂之沉脑尤可憾，陆羽见此笑且咷。前丁后蔡虽著录，未免得失存讥褒。我今携铛石上坐，箬笼一一解绳绦。冰芽两甲恣品第，务与粟粒分锱毫。

①朱彝尊（1629–1709），字锡鬯，号竹垞。浙江嘉兴人。康熙十八年(1679)举博学鸿词科。诗词并负时誉，为浙西词派的创始者。有《曝书亭集》等。

茶洞作武夷茶歌

清·李卷

海岳图经尊武夷，三十六峰峰峰奇。
清溪蜿蜒绕其址，玻璃冷浸珊瑚枝。
高岑窈壑积空翠，遍植仙芽种特□。
雀舌鹰爪著翘英，顾渚蒙山逊韵致。
虽云胜地发先春，焙制精良始绝伦。
如彼昆冈之拱璧，亦藉雕琢工尤纯。
伊予夙负烟霞癖，嗜茗玉川当避席。
结隐幽栖大隐屏，芳丛片甲石岩白。

薄寒乍暖动殷雷，抽颖含珠次第开。
晴云晓起天凝碧，采采盈筐带露回。
荡涤灶釜取冰法，旋摘柔条爨光烈。
轻揉急扇火候宜，香比兰芬色似雪。
箬裹罂封谨闭藏，遮防阴湿喝临黄。
雨前雨后新标识，序列藤萝邺架旁。
屋角胡麻涧中水，千丈云根泻石髓。
刳竹摇空导入厨，元神未散洵甘美。

鼎沸铛声兽炭红，砌虫吟罢来松风。
定汤不稚复不老，成法师承桑苎翁。
碧瓯引满时独酌，搜索诗肠润枯涸。
遂觉两腋御凉飔，尘襟荡尽谙丘壑。
品题谁将作酪奴，庄周一任牛马呼。
乳花香泛清虚味，旗枪浮绿压醍醐。
频年抱膝鲜逾阈，好景当之无愧色。
点检茶录与茶笺，注参期弗遗余力。

古 风

过山农家

唐·顾况

板桥人渡泉声，茅檐日午鸡鸣。

莫嗔焙茶烟暗，却喜晒谷天晴。

六 羡 歌

唐·陆羽

不羡黄金罍，不羡白玉杯。

不羡朝入省，不羡暮入台。

千羡万羡西江水，曾向竟陵城下来。

茶

唐·元稹[①]

茶，

香叶，嫩芽。

慕诗客，爱僧家。

碾雕白玉，罗织红纱。

铫煎黄药色，碗转曲尘花。

夜后邀陪明月，晨前命对朝霞。

口洗古今人不倦，将知醉后岂堪夸。

马子约送茶，作六言谢之

宋·苏轼

珍重绣衣直指，远烦白绢斜封。

惊破卢仝幽梦，北窗起看云龙。

寄椰子样茶罗与光祖颂

宋·陈渊

不得其髓，而象其皮。
胶漆所成，甚是而非。
有隔其中，罗动尘飞。
粗中求细，于焉用筛。
彼昏不涤，视此器之。
有如公诸，奚以此为。

试茶

明·陈继儒

绮阴攒盖，灵草试旗。
竹炉幽讨，松火怒飞。
水交以淡，茗战而肥。
绿香满路，永日忘归。

茶瓜

明·谭元春

茶瓜楚楚无客，桑柘阴阴及邻。
老圃老农后辈，住溪住寺前因。

采茶

明·唐之淳

雨露香生蓓蕾，烟霞满贮笭箵。
学得卢仝煮吃，去从陆羽修经。

竹炉山房品茶

清·爱新觉罗·弘历

春泉近汲山房，小试炉妥瓯香。
火候犹须文武，邦权宁外驰张。

词

木兰花·茶词

宋·苏轼

龙焙今年绝品，谷帘自古珍泉。雪芽双井散神仙。苗裔来从北苑。　汤发云腴酽白，盏浮花乳轻圆。人间谁敢更争妍。斗取红窗粉面。

行香子·茶词

宋·苏轼

绮席才终。欢意犹浓。酒阑时、高兴无穷。共夸君赐，初拆臣封。看分香饼，黄金缕，密云龙。　斗赢一水，功敌千钟。觉凉生、两腋清风。暂留红袖，少却纱笼。放笙歌散，庭馆静，略从容。

阮郎归

宋·苏轼

歌停檀板舞停鸾，高阳饮兴阑。兽烟喷尽玉壶干，香分小凤团。　雪浪浅，露珠圆，捧瓯春笋寒。绛纱笼下跃金鞍，归时人倚栏。

武陵春·茶

宋·谢逸[1]

画烛笼纱红影乱，门外紫骝嘶。分破云团月影亏。雪浪皱清漪。　捧盏纤纤春笋瘦，乳雾泛冰瓷。两袖清风拂袖飞，归去酒醒时。

①谢逸（?—1113），江西临川人，字无逸，号溪堂。博学工文词，操履峻洁，从吕希哲学。举进士不第，遂不仕。尝作《蝶》诗三百首，多佳句，人称谢蝴蝶。有《溪堂集》、《溪堂词》。

醉花阴·试茶

宋·舒亶[1]

露芽初破云腴细。玉纤纤亲试。香雪透金瓶，无限仙风，月下人微醉。

相如消渴无佳思，了知君此音。不信老卢郎，花底春寒，赢得空无睡。

①舒亶（1041–1103），浙江慈溪人，字信道，试礼部第一。累官御史中丞。以罪被斥。终官龙图阁待制，赠直学士。

菩萨蛮

宋·舒亶

金船满引人微醉，红绡笼烛催归骑。香泛雪盈杯，云龙疑梦回。　不辞风满腋，旧是仙家客。坐得夜无眠，南窗衾枕寒。

阮郎归

宋·黄庭坚

烹茶留客驻金鞍，月斜窗外山。别郎容易见郎难。有人思远山。　归去后，忆前欢。画屏金博山。一杯春露莫留残，与郎扶玉山。

阮郎归·茶词

宋·黄庭坚

摘山初制小龙团，色和香味全。碾声初断夜将阑。烹时鹤避烟。　消滞思，解尘烦，金瓯雪浪翻。只愁啜罢水流天。余清搅夜眠。

西江月·茶

宋·黄庭坚

龙焙头纲春早，谷帘第一泉香。　已醺浮蚁嫩鹅黄，想见翻成雪浪。
兔褐金丝宝碗，松风蟹眼新汤。无因更发次公狂[1]，甘露来从仙掌。

①次公狂：汉盖宽饶，字次公，性刚猛。尝拒绝贵戚敬酒，曰："无多酌我，我乃酒狂。"

南柯子·问王立之督茶

宋·陈师道[①]

天上云为瑞，人间睡作魔。疏帘清簟汗成河。酒醒梦回眵眼、费摩挲。 但有寒暄问，初无凤鸟过。尘生铜碾网生罗。一诺十年犹未、意如何。

①陈师道（1053–1102），江苏徐州人，字履常，又字无已，号后山居士。官秘书省正字。安贫乐道。以诗著称。北宋末吕本中作《西江宗派图》，推黄庭坚为祖，以次为陈师道等二十五人。

摊声浣溪沙

宋·毛滂

日照门前千万峰，晴飙先扫冻云空。谁作素涛翻玉手，小团龙。 定国精明过少壮，次公烦碎本雍容。 听讼阴中苔自绿，舞衣红。

玉楼春

宋·毛滂

西风吹冷沉香篆，门掩小晴红叶院。卧看黄菊送重阳，露重烟寒花未遍。 衰翁病怯琉璃簟，日日愁侵霜鬓短。一杯菊叶小云团，满眼萧萧松竹晚。

蝶恋花·送茶

宋·毛滂

花里传觞飞羽过，渐觉金槽，月缺圆龙破。素手转罗酥作颗，鹅溪雪绢云腴堕。 七盏能醒千日卧。扶起瑶山，嫌怕香尘涴。醉色轻轻留不可。清风停待些时过。

蝶恋花·欹枕

宋·毛滂

不雨不晴秋气味，酒病秋怀，不做惺忪地。初换夹衣围翠被，蔷薇水润衙香腻。 旋折秋英餐露蕊。金缕虬团，更试康王水。幽梦不来寻小睡。无言划尽屏山翠。

西江月

宋·毛滂

席上芙蓉待暖，花间驐褭还嘶。劝君不醉且无归。归去因谁惜醉。
汤点瓶心未老，乳堆盏面初肥。留连能得几多时。两腋清风唤起。

朝中措

宋·程垓[1]

华筵饮散撤芳尊。人影乱纷纷。且约玉骢留住，细将团凤平分。　一瓯看取，招回酒兴，爽彻诗魂。歌罢清风两腋，归来明月千门。

①程垓，四川眉山人，字正伯，号书舟。与苏轼为中表兄弟。有《书舟词》。

朝中措·汤词

宋·程垓

龙团分罢觉芳滋。歌彻碧云词。翠袖且留纤玉，沉香载捧冰垍。　一声清唱，半瓯轻啜，愁绪如丝。记取临分余味，图教归后相思。

临江仙·和梁才甫茶词

宋·王安中[1]

六六云从龙戏月，天颜带笑尝新。年年回首建溪春。香甘先玉食，珍宠在枫宸。　赐品暂醒歌里醉，延和行对台臣。宫瓯浮雪乳花匀。九重清昼永，宣坐议东巡。

①王安中（1076–1134），河北曲阳人，字履道。进士及第。宣和中累官翰林学士承旨，尚书左丞。授庆远军节度使，河北、河南、燕山府路宣抚使。郭药师将叛，求罢，召罢，召还。靖康初安置象州。绍兴初，复左中大夫。有《初寮集》。

好事近·茶

宋·王庭珪

宴罢莫匆匆，聊驻玉鞍金勒。闻道建溪新焙，尽龙蟠苍壁。　黄金碾入碧花瓯，瓯翻素涛色。今夜酒醒归去，觉风生两腋。

摊破浣溪沙·茶词

宋·周紫芝

苍壁新敲小凤团，赤泥开印煮清泉。醉捧纤纤双玉笋，鹧鸪斑。　雪浪溅翻金缕袖，松风吹醒玉酡颜。更待微甘回齿颊，且留连。

摊破浣溪沙·汤词

宋·周紫芝

门外青骢月下嘶，映阶笼烛画帘垂。一曲阳关声欲尽，不多时。　凤饼未残云脚乳，水沉催注玉花瓷。忍看捧瓯春笋露，翠环低。

西江月·熟水词

宋·吕本中

酒罢悠扬醉兴，茶烹唤起醒魂。却嫌仙剂点甘辛，冲破龙团气韵。　金鼎清泉乍泻，香沈微惜芳薰。玉人歌断恨轻分，欢意厌厌未尽。

好事近

宋·赵鼎[1]

兰烛画堂深，歌吹已终瑶席。碾破密云金缕，送蓬莱归客。　看看宣诏未央官，草诏侍宸极。拜赐一杯甘露，泛天边春色。

①赵鼎（1085-1147），山东闻喜人。字元镇，崇宁五年(1106)进士，对策斥章惇误国。从高宗南渡，与张浚并相，荐用岳飞。以辟和议忤秦桧，被贬。世称中兴贤相。

清平乐

宋·向子諲[1]

芗林春色，怀面云腴白。醉里不知天地窄，真是人间欢伯。　风流玉友争妍，酪奴可与忘年。空诵少陵佳句，饮中谁与俱仙。

①向子諲（1085-1152），江西清江人，字伯恭，钦宗皇后从任。补承奉郎。建炎初迁直龙图阁。江淮发运副使。为黄潛善所排斥。起知潭州累迁户部侍郎。自号芗林居士。有《酒边词》。

浣溪沙

宋·向子諲

艳赵倾燕花里仙，乌丝阑写永和年。有时闲弄醒心弦。　茗碗分云微醉后，纹楸斜倚髻鬟偏。风流模样总堪怜。

西江月

宋·王之道[1]

磨急锯霏琼屑，汤鸣车转羊肠。一杯聊解水仙浆，七日狂酲顿爽。　指点红裙劝坐，招呼岩桂分香。看花不觉酒浮觞，醉倒宁辞鼠量。

①王之道（1093–1169），安徽无为人，字彦猷，号相山居士。宣和六年(1124)进士。历官枢密使，封魏国公。有《相山居士词》。

朝中措

宋·扬无咎[1]

杯盘狼藉烛参差，欲去未容辞。春雪看飞金碾，香云旋涌花瓷。　雍容四座，矜夸一品，重听新词。归路清风生腋，不防轻捻吟髭。

①扬无咎（1097–1169），江西清江人，字补之。高宗朝累征不起，自号清夷长者。有《逃禅集》。

玉楼春·茶

宋·扬无咎

酒阑未放宾朋散，自拣冰芽教旋碾。调膏初喜玉成泥，溅沫共惊银作线。已知于我情非浅，不必宁宁书碗面。满尝乞得夜无眠，要听枕边言语软。

清平乐·熟水

宋·扬无咎

（一）

开心暖胃，最爱门冬水。欲识味中犹有味，记取东坡诗意。　笑看玉笋双传，还思此老亲煎。归去北窗高卧，清风不用论钱。

（二）

花阴转午，小院清无暑。雪碗冰瓯凝皓露，自涤紫毫鸡距。　麝煤落纸生春，只应李卫夫人。我亦前身逸少，莫嗔太逼君真。

南歌子·熟水

宋·史浩

藻涧蟾光动，松风蟹眼鸣。浓熏沉麝入金瓶。泻出温温一盏、涤烦膺。　爽织云龙饼，香无芝术名。主人襟韵有余清。不向今宵忘了、淡交情。

画堂春·茶词

宋·史浩

小槽春酿香红，良辰飞盖相从。主人着意在金钟。茗碗作先容。　欲到醉乡深处，应须仗、两腋香风。献酬高兴渺无穷。归骑莫匆匆。

诉衷情

宋·张抡[①]

闲中一盏建溪茶，香嫩雨前芽。砖炉最宜石铫，装点野人家。　三昧手，不须夸。满瓯花。睡魔何处，两腋清风，兴满烟霞。

①张抡，河南开封人，字才甫。南渡故老。有《莲社词》。

朝中措

宋·曹冠[①]

春芽北苑小方圭。碾畔玉尘飞。金箸春葱击拂，花瓷雪乳珍奇。　主人情重，留连佳客，不醉无归。邀住清风两腋，得斟上马金卮。

①曹冠，字宗臣，自号双溪居士。有《燕喜集》。

浣溪沙

宋·张孝祥

北宛春风小凤团，炎州沉水胜龙涎。殷勤送与绣衣仙。　玉食向来思苦口，芳名久合上凌烟。天教富贵出长年。

如梦令·寿茶

宋·姚述尧

龙焙初分丹阙，玉果轻翻琼屑。采仗把香风，搅起一瓯春雪。　清绝，清绝，更把兽烟频爇。

好事近·咏茶筅

宋·刘过

谁斫碧琅玕？影撼半庭风月。尚有岁寒心在，留数茎华发。　龙孙戏弄碧波涛，随手清风发。滚到浪花深处，起一窝香雪。

蝶恋花·茶词

宋·刘过

红袖扶来聊促膝，龙团共破春温。高标终是绝尘氛。两厢留烛影，一水试云痕。　饮罢清风生两腋，余香齿颊犹存。离情凄咽更休论。银鞍和月载，金碾为谁分？

西江月·茶词

宋·程珌[1]

岁贡来从玉垒，天恩拜赐金奁。春风一朵紫云鲜。明月轻浮盏面。　想见清都绛阙，雍容多少神仙。归来满袖玉炉烟，愿侍年年天宴。

①程珌（1164-1242），安徽休宁人，字怀古。绍熙四年(1193)进士。累官宝文阁学士知福州，兼福建安抚使，封新安郡侯。以端明殿学士致仕。赠特进少师。有《洺水词》。

望江南·茶

宋·吴文英[1]

松风远，莺燕静幽坊。妆褪宫梅人倦绣，梦回春草日初长。瓷碗试新汤。　笙歌断，情与絮悠扬。石乳飞时离凤怨，玉纤分处露花香。人去月侵廊。

①吴文英（1200-1260），浙江宁波人，字君特，号梦窗，晚号觉翁。宁宗至理宗间名词家，与周密齐名，周号草窗，人称“二窗”。有《梦窗甲乙丙丁稿》。